赫曼赫塞
童話故事集

HERMANN HESSE
DIE MÄRCHEN

諾貝爾文學獎得主

赫曼·赫塞

楊夢茹◎譯

本書榮獲德國歌德學院Goethe-Institut「翻譯贊助計畫」支持出版

導讀

如幻夢化蝶的智慧結晶

劉惠安

一旦開始閱讀赫塞的「童話」，就像踏入奇幻淒美的世界，心緒朦朧地墜入滿溢吸引力的喜怒哀樂裡，不能自拔愈陷愈深，無法讓自己轉身回望，只能蜿蜒地順步下去，緊跟敘事者的時空隨之飛翔穿越山岳丘陵躍過田野河流，不斷暢快淋漓上下起伏，或憂傷歎息或歡喜跳舞，最終卻宛然嘎止，只餘傷感唏噓……赫塞的「童話」依舊是赫塞的筆調色彩：歡樂間帶著一抹淒涼，讓人愕然的悲劇尾聲，卻對故事情節依戀回味不已。

赫塞的二十則童話與一般童話主題相同，有愛情和嫉妒、忠貞和背叛、溫柔和殘暴、戰爭與和平、良善和惡意，也有勇敢和懦弱，興起與衰頹，當然亦有生命和死亡。不同於印象中的童話，以「在很久很久以前……」開始，和「他們最後快樂地生活在一起」結束。有人論赫塞的童話融合了格林童話、安徒生童話和一千零一夜故事的主題和形式，且與藝術童話相近，可細讀赫塞的童話，顯然突破了這世界三大童話的傳統框架，主角超越人類或動物的範疇，有時或是一座高山或以第一人稱「我」來進行敘事，把讀者的視角拉近到零距離，直接目擊參與或許是不可告人的情事。

天馬行空的隱喻和栩栩如生的主角人物，彼此間的相吸相斥，渴望關懷或嚮往孤獨，在苦澀的喜樂中，隱藏著永恆憂傷的悲愴，而皎潔的敘事語句中滿溢生命的智慧，敬畏喜愛赫塞作品的心思油然而生，又常在故事中有若寓言結尾的教訓，彷彿諄諄誨人無需讚嘆，因一切必將如塵土飛揚回歸於靜默，消失至毫無蹤影。

*

二十篇故事的第一篇「小矮人」完成於一九〇三年，為集內篇幅最長的，敘述小矮人外貌雖醜陋無比，但詭計多端備受寵愛，在其摯愛的鳥兒和小狗慘死於他人的妒忌怒火下，展開復仇計畫，終於玉石俱焚地置仇人和自己於死亡的網羅中。赫塞毫不避忌諱地在「童話」的各篇故事中幾乎均讓主角人物面對死亡的寫作特色，讓人不得不對其文本進行細敲琢磨。

人性的軟弱，如自傲所帶來的後果幾乎是難以想像的，時間或許能夠醫治傷感，但偶然的陰錯陽差造成永恆的痛不欲生，在「皮影戲」（第二篇）與「吹笛夢」（第五篇）中成為警惕世人的故事。

本書中多篇創作於第一次世界大戰前後（一九一三至一九一八年），其中以第十二至第十四篇隱述德意志國家社會民眾的現象最為突出，「歐洲人」是個愛挑剔他人自大自誇的白種人，在上帝降下洪水，諾亞方舟救起萬物後，幾乎要被眾人逐出，但上帝的恩典不僅及於義人也照顧惡人，祂愛的是每個人，此一訊息在赫塞筆下彷彿不經意似地勾勒出來，其深厚的基督教信仰做為寫作主題的基礎亦為第六篇「奧古斯都斯」的文本背景，將人性的軟弱和神性的堅強作出對比，能與天使共舞度過一生的畢竟沒有幾人。

與歐洲人相對應的可以第四篇「詩人」和第十八篇「周幽王」並列，兩篇看來是描寫中國的人物，而真實和虛幻難以分辨、以及作弄他人者終嚐作弄苦果的結局，確是普世皆通的。

或許是因赫塞不僅是作家、詩人和水彩畫家，也幾乎是歷史學者，歐洲城市的發展面貌在第十四篇「王國」和第十八篇「城市」精準有緻、鉅細靡遺地描繪出來，四季、植物、動物和山川的奧祕也透過赫塞的敘事清楚地呈現，而人類的貪婪無能卻在歲月的消長之間顯得不堪。

除了第十七篇「兩兄弟」，是赫塞生平的第一篇散文（創作時年僅十歲），文中描繪日常生活中常見的家庭成員溝通互動的過程，兩兄弟一弱一強，結尾是強的竟淪為乞丐，在未認出自己弟弟的當下，悔恨地憶起自己未曾善待那終身帶著殘疾的弟弟，而生活美滿的弟弟收留了哥哥，展現出由上帝習來免了人的債（亦即不計前嫌）美麗善良面向。

在赫塞的「童話」故事中，童話的定義徹底地遭到顛覆，帶有寓言式的警語幻化成慧詰的詞句，在各篇中有如四處飛撲的舞蝶，也彷彿是夜空的星辰閃閃發亮，透過優美流暢的譯文，讓人想一再直視卻又不免羞怯地闔上，到底是童話還是不是啊?!

（本文作者為輔大德語系教授）

目次

1 小矮人

有一天晚上在碼頭邊，名喚伽寇的老說書人這樣開了頭：

各位，如果你們同意的話，今天我想講一個非常古老的故事，關於一位美麗的淑女、一個小矮人以及一種迷情飲料，關於忠誠與不忠誠，愛情和死亡，關於所有老的、新的冒險故事都包含的東西。

瑪格麗塔．卡多林小姐，是艾德倫－巴提斯塔．卡多林的女兒，她是那個時代威尼斯美女中的美女，為她而寫的詩和歌曲加起來，比運河旁邊所有皇宮的拱窗還要多，也比某個春天晚上划行於葡萄酒橋（Ponte del Vin）、多哥納博物館（Dogana）之間的平底船多得多。幾百位從威尼斯和穆拉諾島（Murano），也有從像帕杜拉鎮（Padua）這樣地方來的年輕和年老的優雅人士，若是夜裡沒有夢見她，雙眼便不會闔上，沒有人不在清晨醒來之際思慕著她的倩影，而全城裡的年輕貴族女子中，從來不曾忌妒過瑪格麗塔．卡多林的，可說少之又少。我知道自己不太會描述她，我想說，她金髮、高䠷又苗條，有如一棵新長的柏樹，空氣輕輕撫弄著她的頭髮，地面輕輕碰觸著她的鞋底，而提香[1]如果看見她，想必會許下整整一年只想畫她，除她之外別人統統不要的願望。

這位美人兒從來就不缺衣裳、花邊、拜占庭式的金色織錦、寶石和首飾，她住的王宮更是富麗堂皇：腳走在來自小亞細亞的彩色厚實的地毯上，櫃子裡收藏著夠用的銀器，桌子上精美的錦緞和豪華的瓷器閃閃發亮，客廳裡鋪設馬賽克的地板美麗非凡，天花板和牆壁，有些由織有金銀絲浮花的錦緞和絲綢覆蓋住，有些地方則掛著朝氣蓬勃的繪畫。至於僕人，平底船和舵手，都一樣應有盡有。

所有這些精緻、賞心悅目的東西，在別的房子裡當然也有；有比她更大、更富麗堂皇的王宮，櫃子裡的收藏更多，更精美的器具、桌布以及珠寶首飾。那時的威尼斯十分富庶，然而這位年輕的瑪格麗塔個人所擁有的珍寶中，最引起其他更富有的人忌妒的，是一個名叫飛力寶，不超過一百二、三十公分高，背上還駝著兩個小丘的小矮人，一個妙不可言的小傢伙。飛力寶是塞浦路斯人，當他的主人維托瑞亞．巴提斯塔把他從旅途中帶回家時，他只會說希臘語和敘利亞話，但現在已經說得一口道地的威尼斯話，彷彿在河岸街（Riva）或約伯區[2]的教區出生長大似的。女主人有多嬌美窈窕，這個小矮人就有多醜；在身材畸型旁邊的她顯得更高了，而且優雅高貴，彷若島嶼上漁舍旁邊一座教堂的尖塔。小矮人棕色的雙手上布滿了皺紋，關節都變形了，走起路來是難以形容的滑稽，他的鼻子超級大，一雙寬闊的腳，還是個內八字。但他的穿著卻又像王侯，周身披掛著絲綢，穿金又戴銀。

光憑這些外觀，就讓這小矮人成了一件珍寶；也許不僅威尼斯，全義大利，米蘭也不例外，都找不出比這更稀罕、更逗人的人物；有些國王、君主

1 Tizian, 1488/1490-1576，義大利文藝復興後期的代表畫家。
2 河岸街或聖吉歐柏區皆為威尼斯著名的街道與市區，亦可意譯為：彷彿他是在某個知名的地方出生似的。

或者大使，如果想買下他的話，想必會用黃金來交換。

話說回來，即使其他宮廷或者富裕的城市裡也可能有個幾位小矮人，論嬌小以及醜陋的程度都與飛力寶不相上下，但聰明才智和天分卻遠不如他。單以機智而言，這個小矮人絕對有入選十人議會[3]的資格，或者足堪管理一間公使館。他不僅會說三種語言，還精通歷史、擅長出主意以及編故事，講老故事和新編的一樣精采，給良好的建議或出餿主意樣樣在行，而且只要他願意，就有本事讓人發笑或者垂頭喪氣，還不費吹灰之力呢。

天氣晴朗時，當這位貴族女子坐在陽台上，就著陽光，像那時的人所流行的，讓陽光把她的秀髮曬成淺黃色，她的兩名侍女，她那隻非洲鸚鵡以及小矮人飛力寶，始終都陪伴在她身邊。侍女一邊打濕並梳理她的長髮，將頭髮攤開在大大的遮陽帽上讓陽光染成淡黃色，灑上玫瑰露和希臘泉水的同時，一邊把城裡才發生以及正在進行的大小事情都說給她聽：亡故、慶祝活動、婚禮以及誕生，偷竊與稀奇古怪。那隻鸚鵡拍著牠斑斕的翅膀表演三項技藝：吹一首歌，學母山羊咩咩叫，說「晚安」。小矮人坐在一旁，靜靜地在陽光下縮起身子，閱讀古老的書和羊皮卷。女孩們嘰嘰喳喳，蚊子嗡嗡作響，他一概不受影響。然而每次都會這樣，一時半刻之後，那隻斑爛的鳥點頭、打哈欠，沉入夢鄉，女孩們聊天的速度放慢，終至靜默，不發一語神情疲憊地做手中的活計；日正當中，有哪個地方比得上威尼斯一座王宮陽台上的陽光更熾熱，更令人昏昏欲睡呢？接下來，一旦侍女讓她的頭髮曬得太乾，或者笨拙地一把抓起秀髮，女主人情緒急轉為惡劣，大叫大嚷起來。然後就到了她說：「把他的書拿開！」的時候。

侍女拿起飛力寶膝上的那本書，小矮人憤怒地抬頭看，但立刻克制住，禮貌地問女主人有何吩咐。

她下令：「說個故事給我聽！」

小矮人答道：「容我想想。」然後陷入沉思。

偶爾他遲遲沒有開口，以至於她斥責他，但他鎮定地搖了搖他那以他的

3 又譯十人團，是一個祕密組織，一三一〇年設立，是威尼斯共和國政府的主要組成部分之一。其成員主要由貴族構成，由威尼斯大議會選出。

身體而言實在太大的黑色腦袋瓜，沉著地回答：「您得有點兒耐心，好故事就像一頭高貴的野獸，以隱密處為家，人們經常得在山隘和森林的入口站上好長一段時間，窺伺守候。讓我想一想！」

當他思量得夠了，開始講起故事來，直到他講完都不會停頓片刻，他滔滔不絕，好似山上奔流下來的河流，從小草到藍色蒼穹，萬事萬物均映照於其中。鸚鵡在睡覺，偶爾在夢中用彎曲的喙子發出粗嘎聲；小運河靜止不動，房屋的倒影如真實的城牆般屹立不搖；太陽照射在平直的屋頂上，梳頭髮的侍女無力抵抗瞌睡。但小矮人毫無睡意，只要他使出看家本領，忽而變成魔術師，忽而又變成國王。他讓陽光黯淡下去，一會兒帶他安靜聆聽的女主人穿越漆黑恐怖的森林，一會兒又立於湛藍清涼的海平面上，下一刻穿越陌生但神奇城市裡的街道。他說故事的技巧是在東方學會的，東方說書人會的東西可多了，如魔幻之術，耍弄起聽眾的心靈，就跟小孩玩球一樣。

他的故事幾乎不曾以陌生國度為開端，使得聽的人沒法輕鬆地憑一己之力自在翱翔。他總是以人們眼睛所能見，也許是一個金色的髮夾，或許是一塊絲巾，作為開頭，每次都從身邊、當下的事物開始說起，神不知鬼不覺想把女主人的想像力帶往任何他想去的方向。他從寶石的舊主人，製造的工匠或者販售的人入題，一點一滴敘述，以至於那些故事，想當然涓涓而出，從王宮陽台擺盪至商人的舢板，又從舢舨搖搖晃晃進港口，登上船，然後到世界上最遙遠的地方。聽他說故事的人，以為自己真的展開航程，雖然他依舊安靜地坐在威尼斯，聽者的靈魂卻搞錯了，或開心或害怕，在遙遠的海上以及神話般的地方漂來盪去。飛力寶就是如此這般講他的故事。

除了這類精采有趣，大部分為東方的童話之外，他也報導以前和現在真實的冒險與事件，關於伊利亞斯國王[4]的航程及其苦痛，塞浦路斯王國、約翰國王，魔術師維吉爾，亞美利哥．維斯普奇[5]顛沛的旅程。此外，他懂得如何杜撰並敘述故事，有一天女主人因為鸚鵡瞌睡的眼神問他：「無所不知的你啊，我的鳥兒現在夢見了什麼？」他只想了一下，馬上就講起一個漫長夢

4 Äneas，希臘、羅馬神話中的特洛伊英雄。
5 Amerigo Vespucci, 1452-1512，佛羅倫斯商人、航海家、探險家。

境的故事，彷彿他就是那隻鸚鵡，當他說完時，剛好鳥兒也醒了，像一頭母山羊咩咩叫，振起翅膀。或者，這位淑女拿起一塊小石頭，扔過露台欄杆到運河裡，濺起的水聲誰都聽得見，然後問：「喂，飛力寶，我的小石頭現在去哪裡了？」小矮人便立刻報導起來，那顆小石頭如何在水裡撞見了水母、魚、蝦以及牡蠣，碰見沉船和水鬼，矮精靈與美人魚，而他深知它們的一生與歷程，精準、行雲流水似的一一描述出來。

雖然瑪格麗塔小姐和許許多多富家美麗千金一樣，高傲而且心腸又冷又硬，但她對小矮人倒是疼愛有加，很留意別人是否好好待他、尊敬他。只不過有時候她喜歡折騰他一下，讓他記住他不過就是她的財產。她一下子拿開他所有的書，一下子把他關進鸚鵡的籠子裡，一下子又在鑲木地板上絆倒他。她做這些事並非懷有惡意，況且飛力寶從來沒抱怨過，但他記得清清楚楚，偶爾在他的寓言和童話中穿插一些隱喻、提示以及譏刺，而這位小姐也由著他。她藉著不要過分刺激他來保護自己，因為人人都相信小矮人擁有祕密知識與嚴禁使用的手段。大家又十分確定，他深諳與某些動物對話的技能，而且預測天氣和暴風雨時從不失算。然而若有人拿這類問題追問他時，他多半不發一語，當他聳一聳斜肩，再試著搖他沉重僵硬的腦袋瓜時，提問的人哈哈大笑，也就忘了自己關切的事了。

如同每一個人都有的需求，擁有生氣盎然的心靈和愛，飛力寶除了書本之外，還擁有一份奇特的友誼，他與一條黑色的小狗結交，小黑狗屬他所有，甚至睡在他身邊。牠是一位誰也不認識的追求者送給瑪格麗塔小姐的禮物，然後女主人又把牠讓給了小矮人。這中間有些曲折，譬如第一天小狗便出了意外，撞到一扇緊閉的活門，一條腿斷了的牠，應當被賜死的。但小矮人要求把這小動物給他，他當作禮物保留了下來。在他的照料之下，小狗康復了，對牠的救命恩人感激涕零。但牠那條痊癒的腿瘸了，一跛一跛的，這麼一來牠與牠身材畸形的主人就更般配了，相關的笑話時不時就傳進飛力寶的耳裡。

固然有人覺得小矮人與這條狗之間的愛很可笑，但這份愛卻絕對真誠且衷心，而我相信，有些富有的貴族從他們最要好的朋友身上，還得不到這條瘸腿的波隆那狗從飛力寶那兒獲致的真心喜愛呢。飛力寶管牠叫飛力皮諾，簡化後的暱稱飛諾就是這麼來的，他對牠像對一個孩子那樣溫柔，跟牠說話，帶好吃的東西給牠，讓牠睡在他小小的矮人床上，還經常陪牠玩很久。簡言之，他將自己窮苦、無家可歸的人生摯愛，全部轉渡到這隻聰明的動物身上，並且獨自承受其他僕人和女主人對此發出的嘲笑。你們不久便會看到，這份好感不那麼可笑了，因為好感不僅為這條狗和小矮人帶來最大的災難，連整棟房子也遭殃。我浪費了這麼多詞句在一條跛腳的小哈巴狗身上，但願你們不介意，不過起因少之又少，卻導致坎坷命運的例子，也不算罕見。

多少高貴富有又英俊的男士盯著瑪格麗塔看，她卻依舊高傲冷淡，簡直像這世界上沒有男人似的。她的母親出身朱斯蒂尼亞尼[6]家族，是小有名氣的貴族女子瑪麗亞，瑪格麗塔不只在母親過世前受到非常嚴格的管教，而是原本就心高氣傲，是個抗拒愛情的人，因此，名正言順成為威尼斯最難纏的美人兒。為了她，一位來自帕杜拉的年輕貴族與一位米蘭的官員決鬥，當她聽聞此事，有人轉告倒下去的那個人留給她的遺言時，她白皙的額頭上找不到一丁點兒陰影。那些以她為題而賦的十四行詩，向來是她冷嘲熱諷的材料，差不多同一時期，有兩位來自城裡有名望家庭的人向她求婚，她卻有辦法在父親激烈反對，拚命勸說之下，仍舊讓那兩人打消了念頭，引起一場長期的家族紛爭。

唯獨那位小且有翼的神[7]是個無賴，不願讓獵物溜走，至少不會讓這樣漂亮的獵物落跑。會在剎那間、無法自拔地身陷情網的，偏偏是那些難以親近又驕傲的女人，關於此人們早有耳聞；猶如最嚴寒的冬天過後，踵至其後的春天通常也最溫暖、最迷人。事情發生在一次穆拉諾島上花園舉行的慶祝活動，瑪格麗塔為了一位甫自黎凡特[8]歸來的年輕騎士暨航海者失魂落魄。他叫做巴達薩拉．莫洛斯尼，對這位向他凝望的女士既未道聲好，魁梧的他也不肯稍稍欠身。她膚白體態輕盈，他則黝黑高大，看得出來他在海上待了

6 Giustiniani，威尼斯望族之一。
7 愛神維納斯。
8 Levante，原意為太陽升起之處，泛指「東方」。

很久，到過不少國家，喜歡冒險；各種想法在他曬成棕色的額頭上閃電般跳動，大鷹勾鼻上的黑眼珠灼熱又銳利。

他不可能不立刻注意到瑪格麗塔，當他獲悉她的名與姓之時，立刻向她父親與她本人自我介紹，殷勤有禮的同時，也說了不少阿諛的話。直到慶典結束，差不多接近午夜了，在合乎禮節許可的範圍內，他始終守在她身邊，而她聽他說話，即使有些話針對別人，有些則以她為主，她比聆聽聖諭還要感興趣。不難想像巴達薩拉先生經常受邀講述他的旅程、事蹟，和歷經過的許多危險，他敘述起來風度翩翩，開朗愉悅，所以人人愛聽。事實上他所有的話語只為唯一的女性聽眾而說，而這位聽眾連一聲輕微的呵氣都不願錯過。那些非比尋常的冒險經他隨口說來，彷彿誰都親自經歷過，故而不會太突顯他這個人，不像大部分的航海者，年輕的尤甚，經常所為那樣。只有一次，當他說起和非洲海盜戰鬥的事情時，提到受過的一次嚴重傷害，傷疤橫越他的左肩，瑪格麗塔屏氣聆聽，讚嘆的同時也驚愕非常。

末了，他陪她和她的父親走到他們的平底船停泊處，道別後佇立良久，目送黑暗的潟湖上隨平底船划走的火炬。一直等到他完全看不見火炬了，他才回到朋友們所在的一棟花園別墅。年輕的貴族和幾位漂亮的妓女在別墅裡啜飲黃色的希臘酒，吃色紅味甜的商陸屬漿果，度過溫暖夜晚中的一段時光。其中有一位名叫吉安巴提斯塔．簡塔里尼，是威尼斯最富有也最熱愛生活的年輕男子之一，他遇見巴達薩拉，碰了碰他的手臂，笑著說：

「我真希望你今天晚上給我們講一段你旅途上的愛情冒險！不過這會兒大概沒戲唱了，因為美麗的卡多林把你的心帶走了。你想必知道，這位美若天仙的姑娘是石頭做的，沒有靈魂？她就像喬內久[9]的一幅畫，畫上的女人真實到無可挑剔，彷彿沒有血肉，只為了我們的眼睛而存在。我鄭重地勸你離她遠一點——或者，你希望成為第三個被淘汰的人，並且成為卡多林家僕人們的笑柄？」

巴達薩拉只是笑，不認為自己有辯解的必要。他喝了幾杯甜、狀似油畫

---

9 Giorgione, 1478-1510，義大利文藝復興時期畫家。

顏色的塞浦路斯酒，然後比其他人都早打道回府。

隔天他就選在合宜的時間，來到卡多林老先生小而美的王宮拜謁，竭心盡力討他歡心，希望贏得他的好感。晚上他帶了幾位歌手和吟遊詩人，為那位俏麗的年輕淑女演奏一首窗下情歌，效果非常好：她站在窗邊傾聽，甚至在陽台上短暫露面。不難想像全城立刻沸沸揚揚，遊手好閒以及愛饒舌之人已經聯想到訂婚，聊著臆測中的婚禮日期，然而莫洛斯尼尚未換上正式禮服，向瑪格麗塔的父親說明他的意願呢。根據那時的風俗，這要讓他的一或兩位朋友來辦理，而非他自己，但他鄙夷且不打算遵守。但每隔一陣子，所有絮叨的包打聽就揚言他們的揣測即將應驗。

當巴達薩拉告知卡多林父親，他但願成為他的女婿時，卡多林一點兒都不覺得這樣有何不妥。

「我忠誠年輕的男士，」他懇切地說，「您來提親，讓我們蓬蓽生輝，但我仍要懇求您取消您的計畫，如此您與我將可減少煩憂和負擔。您長期旅遊在外，遠離威尼斯，您不知道，這苦命的丫頭給我帶來多少麻煩，她已經毫無理由地拒絕了兩次顯貴的求婚了。任何與愛情和男人有關的事情，她根本不想知道，我承認我是寵她了些，但若要我以嚴厲來制伏固執的她，我又於心不忍。」

巴達薩拉很有禮貌地聽著，但沒有撤銷求婚，反而費盡心機鼓勵這位憂心忡忡的老先生，想讓他心情轉好。老先生總算答應了，讓他和他的女兒說話。

小姐如何答覆，猜也猜得到。雖然為了維護她的高傲，她提出了若干微不足道的異議，尤其要在她父親面前佯裝她仍是那位淑女，但在她被詢問之前，心裡其實已經應允了。巴達薩拉一聽到她的答覆，便立刻帶著一份小巧貴重的禮物出現，在未婚妻的手指套進一枚新娘金戒指，並在她嬌豔高傲的唇上印下第一個吻。

現在威尼斯的人有熱鬧可瞧，可閒話可聊，還有羨慕的對象了。沒有人曾經看過比他倆更出色的一對，兩個人都很高，往上抽長，這位淑女的身高與他無毫釐之差。她金髮，他黑髮，兩人的頭都抬得高高的，泰然自若，因為他倆面對別人時一定昂首闊步，永遠高貴無比。

唯有一件事讓標緻的新娘不開心，因為未婚夫解釋不久將再度踏上前往塞浦路斯的旅程，以便完成幾樁重要的買賣。等他回來時就應該舉行婚禮了，現在全城的人如同期待一場公開的慶典似的，盼望著婚禮到來。這段期間準新人不受干擾沉浸於幸福之中；巴達薩拉持續安排各種活動，送上禮物，窗下唱情歌，設計驚喜，並且盡可能和瑪格麗塔聚在一起。他們也迴避嚴謹的社會風氣，在有遮蔽的平底船上悄然划行。

每當瑪格麗塔盛氣凌人、不好伺候，這在受寵的年輕貴族女子而言很稀鬆平常，她的準夫婿同樣從小驕縱，不太顧慮到別人，何況他航行海上以及年輕有為，故而不肯讓步。當一名隨心所欲的追求者時，他刻意佯裝合宜端莊，現在既然已經達到目的了，他益發率性而為，跟著感覺走。他向來狂暴專橫，身為航海人與富商，他習於依據自己的好惡過日子，不管別人。古怪得很，一開始他和準新娘相處時，有些東西讓他嫌惡，尤以那隻鸚鵡、小狗飛諾，以及小矮人飛力寶為最。一看到他們，他就火大，想盡辦法折磨他們，或者讓女主人討厭他們。每次他進屋，宏亮的聲音響在迴旋階梯上時，那隻小狗嗚嗚咽咽逃之夭夭，那隻鳥尖叫著用翅膀拍打自己；小矮人撇嘴自娛，倔強地保持沉默。我得說句公道話，瑪格麗塔即使不為了動物，也會為了飛力寶說情，偶爾試圖為他辯護；但她當然不敢太刺激心上人，無能也無意阻止他小小的折磨與暴行。

鸚鵡的結局來得很快。有一天莫洛斯尼又折磨牠，拿一根細棍戳牠，這隻發怒的鳥啄他的手，牠尖銳有力的喙子咬得他一根手指淌血，於是他叫人扭轉牠的頸子。牠被扔進房屋後面狹窄幽暗的運河裡，沒人為牠哀悼。

過不久，小狗的處境也好不到哪裡去。一次，當牠女主人的準夫婿走進屋子，牠就躲到樓梯那個陰暗的角落，牠養成了只要這位先生一靠近，牠便隱身不見的習慣。巴達薩拉先生不疑有他，逕自登上樓梯；也許他忘了什麼東西在平底船上，又信不過他的僕人。飛諾沒料到他折返，嚇壞了的小狗狂吠了起來，倉促間笨拙地躍起，差一點兒絆倒這位男士。他踉蹌著與這隻狗同時抵達走廊，小狗因為害怕而繼續跑向通往運河的大門階梯，他憤怒咒罵的同時狠狠地踢了牠一腳，這隻小狗於是被丟進水裡，丟得遠遠的。

聽見飛諾吠叫和哀鳴的小矮人，此時現身門口，巴達薩拉正笑著看那隻半跛的小狗恐懼地試圖泅游，小矮人就站他旁邊。嘈雜聲也立刻把瑪格麗塔引到一樓的陽台上。

「放平底船過去，看在上帝慈悲的份上，」飛力寶緊張地朝她喊，「叫人去帶牠上岸，主人，快去！我要失去牠了！哦，飛諾，飛諾！」

但巴達薩拉先生大笑，用一道命令把打算鬆開平底船的舵手叫了回來。飛力寶再度轉向女主人哀求，瑪格麗塔卻在此刻離開了陽台，一個字也沒說。小矮人跪在施虐者面前，求他讓那條狗活下去；這位先生不耐煩地走開，嚴厲地命他回到屋裡，自己則站在登平底船的階梯上，直到氣喘吁吁的小飛諾沉下去為止。

飛力寶來到屋頂下的最上一層地板，坐在一個角落裡，雙手托著大頭，呆呆地看著前面。一個侍女來叫他去女主人那兒，接著一位僕人過來叫他，但他一動也不動。到了晚上他仍舊坐在上頭，於是他的女主人親自提著掛燈上樓找他。她站在他面前，凝視了他好一會兒。

「你為什麼不站起來？」她問，他沒有回答。「你為什麼不站起來？」她又問了一次。這個小畸型人目不轉睛輕聲對她說：「您為什麼殺死了我的狗？」

「不是我做的。」她為自己辯白。

「您可以救牠的，卻讓牠死了，」小矮人悲嘆。「噢，我的寶貝！噢，飛諾，噢，飛諾！」

瑪格麗塔生氣了，很不滿地命他站起來，去睡覺。他照她的意思做，一聲不響，三天之久啞了似的，和死人差不多，幾乎沒碰食物，周遭發生了什麼，誰說了什麼，他統統不在意。

這位年輕的小姐在這幾天中感到十分惶恐，她從四面八方聽說了關於她的未婚夫的事情，令她憂心不已。有人說，年輕的莫洛斯尼先生旅行期間是個獵豔高手，在塞浦路斯和其他地方有一堆情人。這倒也是事實，瑪格麗塔心中充滿疑問與徬徨，一想到準夫婿即將展開的新旅程，只能苦苦嘆息。到最後她再也受不了了，一天早上巴達薩拉來到她家，她和盤托出，毫不隱瞞她的憂慮。

他微微一笑，「別人告訴妳的，最親愛也最美麗的，有一部分是捏造出來的，但大部分卻是真的。愛情就像一陣滔天巨浪，當它打過來，把我們捲起來，然後將我們拖向前方時，我們毫無招架能力。然而我很清楚，我對這棟如此高貴房屋的女兒暨我的準新娘有所虧欠，但妳不必因此煩惱。我在其他地方見過一些美麗的女子，並且愛上其中幾位，但無人能與妳匹敵。」

他的力量與果敢使他變成一位魔術師，她因此恢復平靜，微笑著摩娑他堅實的棕色手臂。但他一走，她所有的焦慮惶恐又回來了，令她坐立難安，這位目空一切的年輕小姐此時嘗到了愛情不足為外人道矣的卑屈煩惱及醋勁兒，裹著絲綢被失眠了大半夜。

坐困愁城的她去找她的小矮人飛力寶，他像從前那個他一樣站了起來，彷彿忘了他的小狗如何被卑劣地折磨致死。當瑪格麗塔在太陽底下曬頭髮時，他一如往昔坐在陽台上，看書或者陪她說話。只有一次，她問他在想什麼，因而使他重新憶起那件事時，他用奇特的聲音說道：「上帝庇蔭這棟我不久將因死亡或活著離開的這棟房子，慈悲的主人。」——「為什麼？」她問。他聳了聳肩膀，模樣好滑稽：「我有預感，主人，鳥兒死了，狗死了，小矮人還在這裡幹嘛？」她正色禁止他說這樣的話，於是他不再提起。小姐以為他不再胡思亂想了，可以全然信賴他。當她向他訴說苦惱時，他卻為巴達薩拉先生說情，誰都以為他完全釋懷了。於是他重新贏得女主人的友誼，深厚更勝以往。

一個夏天夜晚，海風吹來些許涼意，瑪格麗塔偕同小矮人登上平底船，任舵手划向何方。平底船航行至穆拉諾島附近，這座城市猶如遠方一幅白色的夢幻圖畫，漂浮在光華閃亮的潟湖中，她命令飛力寶講一個故事。她伸展四肢躺在柔軟的榻上，小矮人蹲在她面前的地板上，背對著平底船高高的鳥嘴型船頭。遠處山稜上的陽光，染上了粉紅色的雲靄，肉眼幾乎看不見：穆拉諾島上傳來陣陣鐘聲。暖意迷醉了平底船的划手，他的動作懶洋洋，半入睡似的划起長槳，拱起的身子連同平底船映照在有海草交錯的河水上。偶爾有一艘附近的三桅貨船划過，或者一艘三角帆漁船，尖尖的三角帆，有那麼一會兒遮住了城裡遠處的塔樓。

「說個故事給我聽！」瑪格麗塔下令，飛力寶的大頭垂下，把玩他穿的絲質禮服上的金色流蘇，沉吟片刻，然後述說起下面這樁事件：

「我父親住在伊斯坦堡的時候，曾經碰到一件引人矚目、很不尋常的事。那時候他開診所，同時也是棘手事情的諮商人員，因為他懂得醫療方法，又曾拜一位住在士麥拿[10]的波斯人習得巫術，深諳兩種技藝。他是個正派誠實的人，既不靠招搖撞騙，也不喜歡逢迎拍馬，而是憑藉他精通的本事營生。某些騙徒和江湖郎中很忌妒他，搞得他很不好過，所以他早就在等待返回故鄉的時機了。但我可憐的爸爸不希望，在他尚未在異國掙得微薄的資產之前就返鄉，因為他曉得他的家人飽受貧窮之苦。他在伊斯坦堡的運氣愈來愈壞，卻眼睜睜看著有些騙子以及啥也不會的傢伙，不費吹灰之力就發了財，我的父親於是益發傷心難過，而且幾乎起疑，若不施展些江湖騙術，是否還能脫離他所處的困境？他根本不缺顧客，幫助過幾百位遇上極端麻煩事情的人，但那些人多半貧窮且一無所有，假使他酌收超過微薄之數的服務費用，他會感到羞愧的。

「在這樣陰鬱的境況下，我父親下定決心，要身無分文徒步離開這座城市，或者在某艘船上找份工作。但他旋而打算再等一個月，因為根據占星術，他在這段期間可能會交到好運。然而一個月過去了，沒有好事發生，於是他在當月的最後一天，收拾好他僅有的幾樣東西，決定隔天早晨就出發。

「臨去前一天的晚上，他出城在海灘上漫步，我們可以想像，此刻他的思緒十分灰暗。太陽早已下山，星星在平靜的海面上閃爍著白色的光芒。

「突然間我父親聽到近處傳來一聲響亮的悲歎，他四下張望，不見任何人影，他嚇了一大跳，將之解讀為啟程前的凶兆。但是，那悲鳴與嘆息一聲復一聲，愈來愈響亮，他鼓起勇氣呼叫：『是誰在那裡？』當下他聽到海岸啪的一聲，他走過去，就著白色的星光瞧見那兒躺著一個龐然大物。他猜那

10 Smyrna，今之Izmir，土耳其第三大城。

是個遇到船難的乘客，或者某位泳客，靠過去打算伸出援手時，他驚愕地看見一位半個身子露出水面，美麗苗條雪白的美人魚。有誰能形容，當這位海中仙女用懇求的聲音發問：『你不就是那位住在黃色巷子裡的那位希臘術士嗎？』他有多驚訝吧。

「『正是在下，』他親切地回答，『您有何貴幹？』

「於是這個年輕的美人魚重新悲泣了起來，伸直玉手，不斷呻吟，求我父親同情她的思念，為她準備一份強效的迷情湯，因為她無望地思慕著她的情郎。說話的同時，她美麗的眼眸哀求又悲悽地盯著他看，他深受感動，決定立即助她一臂之力。他先問她，將以什麼方式酬謝他？她允諾贈他一串珍珠，長到可以繞女人的頸子八次。『但這個珍寶，』她接著說下去，『在我看到你的巫術發威之前，不會給你。』

「這個我爸爸毋庸擔心，因為他對自己的本領很有把握。他火速回到城裡，放下他細心整理好的包袱，忙著準備一帖預訂的迷情湯，動作又快又急。午夜時分他再度於岸邊現身，美人魚正等在那兒。他奉上一個裡頭裝有珍貴汁液的細小玻璃瓶，她說了好多感激的話，央求他明日深夜再來此地，以便領取事先言明的豐厚報酬。他聽完後離開，這天夜裡和白日懷著熱切的期待，他雖然絲毫不懷疑那帖湯飲的效果，但卻不知能否信任那位水妖。思前想後的他在第二天近午夜時分又來到同樣的地方，而他沒有等多久，那條美人魚就從他旁邊破浪潛出。

「看到他的本領發揮何等功效之時，我可憐的父親受到了多大的驚嚇呀！水妖笑吟吟走進，把一串沉重的珍珠項鍊放到他的右手，他瞧見她臂彎裡有一具英俊無比的少年的屍體，從他的衣服可以辨識出他是希臘水手。他的臉色死灰，他的鬈髮在波浪中漂盪。水妖溫柔地偎著他，像搖一個小男孩似的，搖晃著臂彎裡的他。

「眼前這一幕讓我父親大叫一聲，詛咒著自己和他的本領，這當兒那個女人和已逝的情人突然沉入水中，那串珍珠項鍊還在岸邊沙灘上，這場不幸已無法挽回，所以他拿起項鍊，放進大衣內，回屋後就把它拆了，一顆一顆賣掉。他用變賣得來的錢登上一艘前往塞浦路斯的船，認為可以一舉解決所有的困難。這筆錢上殘存著一個無辜之人的血，光是這個就為他帶來接二連三的災難，暴風雨和海盜偷走了他的財物，以致於他遲至兩年後才回到故鄉，身分是搭船遇難後的乞丐。」

女主人躺在臥榻上，出神地聽故事。小矮人說完後沉默下去，她也無言，陷入深思，直到舵手突然停下，等待返家的命令為止。她好似從夢中驚醒，像平底船划手招招手，然後拉起簾子。舵手急速迴轉，如一隻黑色的鳥向城市飛去，至於單獨蹲在那兒的小矮人，安靜肅然地望著暗下去的潟湖，似乎正思索著新的故事。很快就抵達了城市，平底船飛快滑過帕娜答河（Rio Panada）以及許多條小運河後回到家。

這天夜裡瑪格麗塔睡得極不安穩，如同小矮人預測的那樣，迷情湯的故事讓她萌生也弄一帖來，好讓她的未婚夫的心牢繫於她身上。隔天她就此事與飛力寶展開談話，但並未單刀直入，而是因為害羞而聲東擊西。這一日她好奇地想知道，怎樣才能買到類似的迷情湯，今天還有人懂得熬製它的祕訣嗎？湯中是否含有毒性及有害汁液？它的味道又會不會引起飲用者的懷疑？

機靈的飛力寶沉著地一一作答，一副完全沒揣摩到女主人的祕密心願的樣子，她只好說得再明白些，到最後索性直接問，在威尼斯能否找到有辦法製造這種湯飲的人？

小矮人笑了，說：「主人，如果您認為我不曾從我聰明過人的父親那兒，學到一丁點兒這種巫術的話，您簡直就太不信任我的能耐了。」

「所以你會製作這種迷情湯囉？」年輕淑女興奮地問。

「再簡單也不過了，」飛力寶回答。「只不過我實在看不出來，您哪裡用得著我的本領呢，您不是心想事成，在最英俊也最富有的男人選了一位當未婚夫嘛。」

美人兒頻頻催促，末了他假裝勉強順從了。小矮人拿到了購置必要香料的錢和祕密藥劑，以及事成之後他將獲贈一份可觀禮物的承諾。

兩天之後他統統準備好了，從主人梳妝台上拿了個藍色的小玻璃瓶，把那份魔幻飲料倒進去，然後帶在身上。巴達薩拉先生即將啟程趕赴塞浦路斯，他得趕緊些。接下來的某一天，巴達薩拉向他的準新娘建議來一趟午後的祕密歡樂航行，去一個這個燠熱季節沒有人駕船兜風的地方，這對瑪格麗塔和小矮人而言，等於機會來了。

巴達薩拉的平底船依照約定好的時間駛過屋子的後門時，瑪格麗塔已經站在那兒了，還帶著飛力寶，他把一瓶葡萄酒和一小籃桃子放到船上。主人們都上船以後，他也登上船，坐在舵手雙腳的後面。飛力寶跟著出來，讓年輕男士老大不高興，但他克制住自己，沒說什麼，因為他過幾天就要出發了，多讓他的心上人稱心如意，他認為是好的。

舵手划離岸邊，巴達薩拉拉起簾子，一點縫隙都不漏，然後在隱密有遮棚的座位區與他的準新娘相偎依。小矮人靜靜地坐在平底船後面，注視舵手讓船兒穿行而過的平底船長運河（Rio dei Barcaroli）岸邊那些老舊、高聳且黝黑的房子，直到抵達了朱斯諦宮，到大運河出口的潟湖為止。彼時宮殿旁還有一座小花園，今天同一個角落則屹立著人人看得見的美麗的巴羅齊宮（Palazzo Barozzi）。

門窗緊掩的房間裡偶爾傳出壓低的笑聲，輕輕一記親吻的聲音，或者談話的片段。飛力寶一點兒都不好奇，他盯著水面，忽而瞧瞧陽光燦照的河水，忽而看看聖喬治馬焦雷島上教堂的細瘦塔樓，一會兒回首望望聖馬可廣場上的飛獅石柱。有時他向勤快划槳的舵手眨眨眼，有時則在用一根他在地板上撿到的細樹枝濺起水花。他的臉龐一如既往醜陋，文風不動，全然不透露他所思所想。他想起他那隻溺死的小狗飛諾，想起那隻被勒死的鸚鵡，思量著所有的生物，動物與人類皆然，只能聽憑命運安排，而我們在這世上無法預測、預知的，莫過於終有一死。他想起他的父親和他的故鄉，以及父親的一生時，臉上掠過一抹嘲笑，因為他想到幾乎各地的智者都在當小丑，而大部分人的生命堪可比擬為一齣差勁的喜劇。他微笑著低頭看他昂貴的絲質衣裳。

就在他仍舊安靜地坐著並發出微笑的當兒，發生了他一直期待會發生的事情。平底船的艙頂下傳來巴達薩拉的聲音，同時還有瑪格麗塔的，她叫道：「飛力寶，葡萄酒和杯子放在哪裡？」巴達薩拉先生口渴，現在到了他用摻了那個飲料的酒對他下毒的時刻了。

他打開那只藍色的小瓶子，先把汁液倒進酒杯裡，再斟上紅葡萄酒。瑪格麗塔拉開簾子，小矮人伺候他倆，把桃子遞給女士，酒杯則端給準新郎。她朝他投以疑惑的一瞥，看似滿心不安。

巴達薩拉先生舉起酒杯，送到嘴邊，抬眼看仍站在他面前的小矮人，他突然起了疑心。

「等等，像你這樣調皮搗蛋的人永遠都不能信賴，在我喝之前，想看著你先喝一口。」

飛力寶眉頭皺都不皺一下，「酒沒問題，」他禮貌地說。

但那人依舊疑神疑鬼，「小子，你不敢嚐一下嗎？」他慍怒地問。

「請原諒，先生，」小矮人回答，「我不習慣喝酒。」

「我命令你喝。你沒喝之前，我的嘴唇一滴都不會沾。」

「您不必擔心，」飛力寶淺淺一笑，欠身，拿起巴達薩拉手上的酒杯，喝了一口後還給他。巴達薩拉端詳著他，然後一口喝乾剩下的酒。

天氣很熱，瀉湖上閃爍著耀眼的光，小倆口又躲到簾子的陰影下，小矮人側坐在平底船的地板上，撫摸他寬闊的額頭，難看的嘴巴抿得緊緊的，一副痛苦像。

他知道再過一小時他就死了，那杯飲料是毒藥，一種奇特的希望席捲他十分靠近死亡之門的心靈。他回望這座城市，憶起前不久沉醉其中的各種想法。他默默凝視熠熠發光的水面，再三思索自己的一生。他這一生很單調也很貧窮——當小丑的智者，一齣乏味的喜劇。當他察覺他的心跳變得不一致，額頭滿是汗珠之時，爆發出苦澀的大笑。

沒有人聽到他的笑聲，舵手半睡半醒，簾子後的瑪格麗塔因為巴達薩拉突然生病而驚嚇不已，他死在她的懷裡，身體冰冷。她發出痛苦的叫喊，衝出來。她的小矮人躺在那裡，睡著了，身著華美的絲質衣裳，死在平底船的地板上。

這是飛力寶為他的小狗之死報的仇，這艘載著兩具屍體的不祥平底船回家時，威尼斯全城上下為之驚愕萬分。

貴族女子瑪格麗塔發瘋了，又活了幾年。偶爾她坐在陽台欄杆旁，對每

一艘經過的平底船或者小舟呼喚：「救牠！救救這條狗！救救小飛諾！」但大家都認得她，也就不把她當一回事。（一九〇三）

2 皮影戲

這座城堡寬闊的正面由淺色的石頭打造而成，從大大的窗戶可以望向萊茵河與沼澤地，遠眺有一幅交織著水、蘆葦和草地，明亮又舒緩的風景，更遠處淡青色的森林山丘，有若一把溫柔揮舞的弓，飄浮的雲追逐著它。唯有燥熱風吹起的時候，才看得到稀疏的城堡與農莊在遠方閃著小小的白光。城堡的正面映在輕聲流淌過的水中，如一位年輕女子般自負又快樂，小巧的灌木任淺綠的樹枝垂掛至水中，漆成白色的平底船遊艇順著圍牆盪漾在河流上。城堡的向陽面並無人居住，自從女爵失蹤以後，所有的房間就空置著，除了最小的那間；從以前到現在，是詩人弗羅里貝特的房間。丈夫和城堡因為女主人而蒙羞，他們明亮豐美的庭園沒有留下任何東西，只剩下那艘白色遊艇以及這位安靜的詩人。

那樁不幸發生過後，城堡的主人就住在這棟房子的後方，一座建於羅馬時代的陰森閒置的塔樓，使得這狹小的庭園更形鬱黯，牆壁黑而潮濕，窗戶又窄又低，緊挨著有遮蔭的庭園的，是一座種了一大片老楓樹、老白楊以及老山毛櫸的陰暗公園。

詩人孤獨地住在房子的向陽面，他在廚房裡用餐，經常一整天見不著男爵。

「我們像影子似的住在這座城市裡，」他告訴一位來訪的青年朋友，此人在這間死寂一片的屋內不太舒適的房間裡只待了一天。弗羅里貝特從前為女爵的社交圈寫故事，也寫獻殷勤的押韻詩。自從屋子裡的歡樂不再之後，他遂乏人問津，他性情質樸，相較於遊走於世上的巷陌，為五斗米折腰，他更能忍受城堡內的悲傷寂寞。他早就不填詩作詞了，當西風吹起，他的目光越過湍流與黃色沼澤，凝望遠處淡青色的山巒和雲影，當他晚上在老舊的公園裡聽高大的樹木搖來晃去，他吟哦詩歌良久，但都不成句，而且從未將那些思緒寫下來過。其中有一首詩題為《上帝的氣息》，描繪溫暖的南風，一首名為《心靈慰藉》，敘述所觀察到的春天繽紛的草坪。這些詩弗羅里貝特既不能說出口，也無法唱出來，因為全都沒有文字，但他偶爾夢見並感受到那些詩句，尤其是晚上。此外，白日他大多待在村子裡，與幼小的金髮孩童玩耍，或者逗逗年輕的女士及少女，讓她們發笑，他像對待宮廷貴婦那樣，脫帽向她們致意。哪天若是遇見阿格妮絲，標緻的阿格妮絲，有一張嬌柔小臉的有名的阿格妮絲小姐，那就是他最快樂的一天。他深深一鞠躬問候，俏麗的女子點頭微笑，凝望他略顯尷尬的眼睛，然後像一抹陽光微笑著走開。

阿格妮絲小姐住在緊鄰荒蕪城堡公園旁的唯一房舍內，那房子以前是男爵的侍臣們住的地方。她的父親是森林管理員，現今城堡主人的父親因為他某一項任務有功，把那間屋子送給了他。阿格妮絲很早就嫁人，然後變成年輕寡婦返回家裡，父親過世後，她與一位女僕和一位盲眼的姑姑住在那間孤寂的房子裡。

阿格妮絲小姐總是穿新衣裳，款式簡單但出色，顏色柔和，她有一張嬌憨、年輕的小臉，深棕色的頭髮精美地在頭上盤編成粗辮。男爵在妻子尚未做出不光彩的事之前，曾經愛慕過她，現在他重新愛上了她。早晨他與她在森林裡會面，晚上帶她駕船航行過急湍，來到沼澤地上的一間蘆葦茅舍。茅舍裡，她含笑的少女臉蛋以他早發的白髮為枕，她溫柔的手指撫弄著他又粗又硬的獵人手臂。

每逢節日，阿格妮絲小姐必定上教堂，祈禱並且施捨乞丐一些東西。她探望村裡又窮又老的女人，送她們鞋子，幫她們的孫子梳頭髮，幫忙縫衣服，離去時在她們的茅舍裡留下一位年輕女聖賢的溫和光彩。每個男人都想一親阿格妮絲小姐的芳澤，討她歡心並在恰當的時機出現的人，從吻手禮得到的回報是一記印在唇上的吻，運氣好同時長相佳的人，膽子大到夜裡爬進她的窗戶。

這一切男爵都了然於胸，但這位嬌美的女子仍舊我行我素，含笑展露純真的眼神，與男人的心思完全不沾邊。偶爾會出現一位新的情人，誠惶誠恐追求她，好像她是位遙不可及的美人，一次嘗到甜頭的征服，足以使他沉湎於微醺的驕傲之中，同時感到驚訝，因為其他男人樂見他擄獲她，微微笑著。她的屋子座落在陰暗公園的邊緣，長滿了攀緣薔薇，孤寂彷若一則森林童話，而她住在那裡頭，走出來又回到屋內，新鮮溫柔似一朵夏日清晨的玫瑰，天真爛漫的臉上散發清新的光澤，粗粗的辮子盤在秀麗的腦袋上有如花環。又老又窮的女人感激涕零吻她的手，男人們熱情地和她打招呼後暗自高興，小孩都朝她跑去，討錢並讓她摸一下腮幫子。

「妳為什麼這樣？」偶爾男爵問她，眼神陰鬱充滿威脅。

「你有權力管我嗎？」她受傷似的問，編起她深棕色的頭髮。她最愛弗羅里貝特，那位詩人。每當他看見她，心就砰砰跳；每當聽過有關她的壞話，他就心情惡劣，搖頭，不相信那些傳言。孩子們談到她時，他容光煥發，如同傾聽一首歌曲。他所有的空想中，最美的莫若夢到阿格妮絲小姐，於是向他喜愛、以及覺得好看的東西中求助，西風、藍色的遠方以及廣闊的淺色春天草地，用這些將她環繞起來，然後在這幅畫中訴說他的思念，彷若天真兒童似的生活中滿載的情深意摯。一個初夏的晚上，沉寂了好久之後，一個稱不上新面孔的人進入死氣沉沉的城堡。庭園裡響起汽車的喇叭聲，一輛車開了進來，噹啷噹啷停下來。城堡主人的弟弟只帶了一位隨身僕人來訪，一位偉岸英俊的男人，留著山羊鬍，有一雙憤世忌俗的窺伺的眼睛。他在洶湧的萊茵河裡游泳，出於好玩射殺銀色的海鷗，經常騎馬至附近的城市，喝得醉醺醺才回家，有時候愚弄一下那位好好詩人，每隔幾天便來和他哥哥來一場吵嚷與爭執。他給兄長提了幾千個建議，要他改建、重新規劃，推薦進行改變與改善，他說的輕鬆，因為他因結婚而致富，反觀城堡主人卻很窮，多半時候在不幸與忿忿不平之中過日子。

他一時興起來城堡作客，才來一星期就懊悔不已，但他仍舊留了下來，不再說起如何改善之類的話，儘量少說讓他哥哥難過的話。他見到了阿格妮絲小姐，開始追求她。

過不了多久，那位美麗女子的女僕就穿上新來的男爵送給她的新衣裳。過不了多久，女僕就在公園的牆邊從新來者隨身僕人手中接下信與花。又是幾天過去了，新來的男爵和阿格妮絲小姐在夏天午後於森林小屋裡相見，吻她的手和小巧的嘴以及白皙的頸子。每當她走進村子，與他不期而遇，他便恭敬地摘下騎士帽，而她像一個十七歲孩子似的答謝。

又只是一小段時日過去，一天晚上，獨自留守的新男爵看見一艘小船劃過湍流而行，船上坐著一位舵手和一位讓人眼睛一亮的女子。昏暗中好奇不已的他無法確定自己認識她，幾天之後他很確定了，但他寧可不知。那就是那天下午他在森林小屋裡全心愛上，以親吻激發她熱情的人，而她當晚就與他哥哥駕船划過昏暗的萊茵河，與哥哥消失在對岸的蘆葦河灘上。

這位外來者心情鬱悶，老是做凶險的夢。他並非像愛一個風趣、逆來順受的人那樣愛著阿格妮絲小姐，而是視之為珍貴的發現。每一個吻他都因欣樂和驚喜而嚇一跳，原來他的追求中含有如此溫柔的純情。因此，他給她的比給其他女人的多得多，他懷念起他的少年時光，因感激、關心及溫柔將之擁入懷中，她，卻於當晚偕同他哥哥踏上暗黑的路。山羊鬍刺痛了他，眼中閃動著憤怒的光。

無論發生什麼事，詩人弗羅里貝特都不為所動，不因城堡內悄悄的低氣壓而覺得壓抑，他平靜的日子如常過下去。尊貴的客人偶爾尋他開心，折騰他，他雖不高興，但這類的事他早就習以為常。他躲著這位外來客，鎮日不是待在村子裡，就是在萊茵河邊垂釣，到了晚上，他的幻想便在瀰漫著香氣的暖意中漫遊。一天早晨他發覺，城堡庭園牆邊第一株白玫瑰開得正盛，過去三個夏天，這種稀罕玫瑰第一次綻放時，他就把它們放在阿格妮絲小姐的門檻上。他將第四次捎上這種低調、無名的祝福，他覺得很開心。

這天下午外來客在山毛櫸林子裡和那位姣美的女人相會，他沒問她昨天和前天深夜人在哪裡。他帶著一種幾乎讓人恐懼的驚愕，望穿那雙鎮定無辜的眼眸，離去之前他說：「今晚天黑後我到妳家找妳，打開一扇窗戶！」

「今天不行，」她柔聲說道，「今天不行。」

「但我想啊。」

「改天吧，好嗎？今天不行，我沒辦法。」

「我今天晚上來，非今晚不可，不然以後絕不再來。妳自己決定。」

她掙脫他，然後走了。

到了晚上，外來客在河邊埋伏以待，直到天色轉暗。但沒有船的影子，於是他來到情人的住處，躲在矮樹叢裡，膝頭放著一把來福槍。

四下闃然無聲，很溫暖，濃郁的茉莉花香，天空一朵一朵白雲後高掛著幽幽的星子。公園裡有一隻鳥兒，唯一的一隻，低沉婉囀。

天色差不多完全暗下來時，有一個男人踏著很輕的步伐走到房子的轉角處，幾乎是匍匐前行。他壓低的帽子蓋住了額頭，天很黑，其實根本不需要這樣。他右手拿著一束白玫瑰，隱約閃著光。埋伏的人氣壞了，扳上槍機。

就在這一瞬間公園裡起火了，劈里啪啦，疏疏落落的迴響著。手捧玫瑰的人跌斷了膝蓋，面朝上摔進鵝卵石裡，輕聲抽搐著躺在那兒。

射手在躲藏處又等了好一會兒，依然沒有人來，連屋子裡也靜悄悄。他小心翼翼走過去，俯身向那個被射中的人，他的帽子已然滑落。他認出那是詩人弗羅里貝特，不安又驚訝。

「這傢伙也是！」他嘆了一口氣，走了。凌亂的白玫瑰躺在地上，其中一朵浸在倒臥下去的人的血泊中。村裡的鐘敲了一小時，天空被厚厚的淡色白雲遮蔽，相形之下，那座巨大的城堡塔樓有若一位站著死去的巨人拔地

而起。萊茵河緩緩流淌，幽暗公園的內部，那隻寂寞的鳥兒直到深夜仍在唱歌。（一九〇六）

3 神祕的山

黃山（Monte Giallo）位於美麗有名的群山中央，名氣不大也不太受歡迎。大家當它高不可攀，這卻沒激勵到任何人，因為四周多的是好爬、難爬以及難爬得不得了的山巔。它向來被人們忽略，只有住附近的人才曉得它姓啥叫啥，通往它的道路遙遠又不好走，猜想景色也差強人意，所以不值得爬上去。

落石、險峻的風角、厚厚的冰雪以及易碎的岩石，使得它聲名狼藉。夾在美名在外的兄弟之間的它，就這麼被當作一個粗糙乏味的石堆屹立著，毫無美感與吸引力，不被珍惜，為人所遺忘。

雖然它缺少盛名和榮耀，卻也因此免於鋪設路徑、建小屋、鐵索，以及齒輪式鐵道之擾。左山腳下有幾塊草場和牧場茅舍，但誰都別想從這頭踏上旅程或攀登上山。整個山側的半山腰處，貫穿著一道長而垂直、岩石易脆的山壁，夏天發出棕黃色的微光，這座山也因此而有了名字。

如果山的外觀不像人的臉那樣不可靠，這座黃山的保護神應當善妒又充滿敵意。一側是長、忌妒、單調的山壁，另一側是雜亂、斑駁的碎石斜坡、冰川積石和積雪處，上方則是有缺口的岩峰，沒有一個稱得上整齊的山巔。

山在荒蕪的孤獨中鎮定地挺立，靜默著看著左鄰右舍的山廣受歡迎，而且不生任何人的氣。對抗暴風雨和大水，保持溝渠和溪流暢通，年初雪消融、雪崩滾落，稍稍修整一下氣餒的瑞士五針松和矮松，並且保護無憂無慮微笑的繁花盛開，這些全都不勞它多慮。

到了夏季，山利用這短暫的安靜時刻躺在陽光下喘口氣，曬乾並取暖，半醒之際看土撥鼠玩耍，聽見山下畜群清脆的鈴聲，其中還有山下傳上來的遙遠、奇特的人聲，一個淘氣迷你世界之不被理解、出其不意的聲響。山喜歡聽這些聲音，但並不好奇，短暫的夏季休憩期間，陌生或友善的歡呼、鐘聲、吹口哨、槍響，以及其他來自山下無害的問候，無憂純真的世界裡生命的活動，它一概點頭致意。

春天尚未來臨，颳起燥熱風的最初日子裡，山想起了初夏的夜晚，山頂這兒僅有匱乏、呻吟以及消亡，石壁下墜，岩石如球般躍進谷底，洪水把所有固定連接起來的東西沖刷下去，它的生命變成一場忽而氣喘吁吁，忽而怒氣衝天，忽而令人驚愕，與百多位巨大強壯的敵人對抗的戰鬥。它於是聽得見山中輕柔溫馴的活動，譬如小孩夏天裡玩樂的聲音，小孩們不知道，他們以為堅固無比、永遠確定的這個生命基礎有多薄弱。

然而這世上沒有什麼東西到最後不是以人類的貪慾為準的，縫隙內不再有野草生長，路上再無惹人厭的石頭，終於來了一個人，好奇、不厭倦像孩子似的，拿起這些東西，注視、用手指觸碰它們。

村子裡一位鐘錶匠的兒子，名叫雀斯克．畢昂諦，一個熱情洋溢但孤僻，沒法依照尋常且正確的方式，讓自己過得快活的年輕人。雖然女孩們喜歡他，他也能讓她們言聽計從，但她們就是無意拴住他的心，讓他幸福。雀斯克驕傲又情緒化；只要他一時興致來了，就鎖定那個女孩，展開專橫又粗暴的追求。臂彎裡挽著一個，心情稍稍好轉，忘掉煩憂才沒多久，陰鬱再度襲來，他變得冷淡，然後走了。這終於使他到處樹敵，只有幾位需要也怕他的夥伴仍然守著他。每當他想與他們共度一個買醉的夜晚，或者進行一場暴力奇襲時，他便將他們召喚來，一旦他覺得厭倦了，就丟下他們不管。

他父親把製作鐘錶的技藝傳授給了他，但這位高大強壯的男人不以此為滿足，打他成年以來，他只偶爾於非常時期才上工，施恩似的，平常則想到什麼就做什麼，他夏天便賺進一年用的錢，靠的就是當一位又一位陌生旅客的登山嚮導。但他不陪伴每一位旅客上山，一次一個外國人驚訝地對他說：「別地方的嚮導被雇用之前，得先證明自己已通過考試；這裡卻是旅客必須先出示他的委任狀，直到您帶他入山為止。」

除了一些古怪的習慣之外，他早就習於在山中孤獨漫遊，懷著他變化無常永不厭倦的興致，探索植物、石頭以及動物，樂在從中感受到他的力量，證明自己能夠對抗困苦和危險。這裡，獨自身處山中，這個不受拘束、不滿意的人冷靜又頑強，什麼都嚇不到他。只有在這往上攀登的罕見時刻才知道他的存在並因此而愉悅的人，打從心眼裡喜歡承擔風險並全力以赴。

每當他於短暫冰冷的休息時刻，獨自待在辛苦爬上的山頂，將破冰斧插進終年不化的冰雪中，跌在冰雪上，屈身向前，他淺灰色的眼珠追索著登高時轉過的彎。或者，當他以開拓者與征服者之姿，在一個之前未曾行走過的溝壑審視石頭，將繩套往一個黑色的老峭壁投去時，偶爾他冷硬的臉上會閃著一種古怪、小男孩般以及狂野的表情，彷彿幸災樂禍，而他野心勃勃的性情為這場祕密勝利慶祝。

隨著時間，他益發頻繁深入黃山罕見人跡的區域，那些幾乎看不到一個人，幾乎找不到的一個偏遠、不曾開發過的地方，反正他喜歡走自己的路，避開別人造訪過的。

他漸漸喜歡上這座名聲不好的山，愛情都不全然是徒勞的，所以，這座陰沉沉的山也一點一滴為這個健行者敞開，像他展示藏起來的珍寶，不再反對這個寂寞的男人來拜訪它，觀察搜尋到它的祕密。

雀斯克與這座山慢慢發展出一種半親密的關係，相互認識，認可對方。

畢昂諦發現有幾個貌似嚇人的地方其實可以通行，在碎石堆之間找到了幾處如夏季般開滿花朵的地方，這裡那裡撿一片美麗的雲母，摘幾朵花帶回家，年老的山注視著他，聽其自便。

過了一年多，這個人突然無法不帶慾望，很哥們兒地愛大自然了；反而覺得不自在，覺得自己是被殷勤接待的客人，於是人類希望當主人，意欲奪取、戰勝，攻克這位朋友。畢昂諦就是這樣，他很喜歡黃山，喜歡在山谷和山坡健行，躺在山腳休息；就是缺了一種確定的親密感，故而他也變得不甚滿意，感覺到統治的欲望。

到目前為止，探索一下陌生的山，在他的地區走走看看，認識水道以及雪崩軌道，觀察岩石與植物生長，頗讓他自得其樂。有時候他也謹慎地嘗試，再接近頂峰一點兒，探尋一條可能通往聲名狼藉的頂點的路徑。然後黃山就把自己給關了起來，默默拒絕了親密。它給這位健行者送上幾次坍方，巧妙地引他走岔並因而疲憊，讓北風灌進他的後頸，悄悄抽走幾顆他野心十足鞋底的碎石。雀斯克不免失望，但仍能理解，並開開心心地折返。雖然他覺得這座山有些陰晴不定，但他自己也是怪人，所以彼此彼此。

現在卻不太一樣了，第二年夏末雀斯克看山的眼神益發貪婪，不再把山當作朋友，他偶爾的避難地。他覺得山是敵人，違抗他，現在他要努力不懈圍攻，裡裡外外探查個一清二楚，有朝一日好發動攻擊，使之屈服。他決心要這座難以親近的山臣服於他，無論使用哪種方法，以力或憑藉詭計，走大道或曲徑，皆可為也。他的愛變得充滿醋意與猜忌，那座山安靜果斷反抗著，以至於原本的喜愛不久後竟然只剩苦惱與怨恨。

這個固執的人三次、四次攀上去，每一次都有小而新的進展，要求也跟著增加，要成為這場艱苦戰鬥的勝利者。山之敬謝不敏也愈來愈堅決，雀斯克一回摔了一跤，凍個半死也餓壞了靠著一條斷臂回到村裡時，夏天也宣告結束。村裡的人以為他失蹤了，而且死了呢。他在床上躺了一段時日，這當而黃山上下了一場新雪，今年別想登山了。脾氣變得更暴躁的雀斯克計畫著，絕不退縮，一定要征服這座他眼下很真切痛恨、不友善的山。現在他知道可以藉那些溝渠潛進，意欲查明一條通往山頂的通道。

隔年初夏時節，黃山老大不情願地看見它昔日的朋友再度前來，打量冬天以及雪融帶來的變化。他幾乎每天都來考察，偶爾有一個同伴作陪，終於有一天下午他與另外那個人結伴，揹著裝得滿滿的行李，悠哉地爬到了三分之一高的地方，在一個精挑細選的地方，鋪上毛毯，啜飲干邑，準備過夜。第二天一大早，他倆小心翼翼穿過無人走過的廢石堆那條路。

他走過的一段陡坡，在中午時分不斷有石頭掉落，因而窒礙難行，但兩人就著清晨的涼意，輕鬆且安全地通過了。三小時後，才碰到難走的路，兩人頑強、不發一語攀繩而上，繞過垂直而降的峭壁，迷路，然後辛苦地折返。接下來是一段好走的路，他們鬆開繩子，努力向前進。遇到一個不難走的積雪地，之後是一塊平滑垂降的岩壁，從遠處看頗讓人心生疑慮。但這會兒遠遠望去，沿著整塊岩壁卻有一個小小的突出部，一部分被草給覆蓋住，但仍然夠寬，可以一腳一腳踏上去。

雀斯克心想，這以後的障礙應該不多了。他明白這次不可能完全攻頂，但最大的困難已然克服，下次，如果他能省下今天這塊岩壁的話，就能走上去。他也在考慮，沒有同伴應該也行，所以他決定下次要一個人再走一趟。假使他是第一個登上黃山的人，他不希望有誰站在他身邊。

他怡然自得踏上那條狹窄的小路，敏捷輕巧得像一頭母山羊走在前面。

但他尚未抵達峰頂，山壁形成一個彎度，此刻，雀斯克正繞過曲折，另一邊出其不意颳來一陣劇烈的暴風。他轉開臉去抓被吹走的帽子，踏空了一小步，突然在同伴面前消失在山中。

恐懼的同伴俯身向前，心想他仍在往下墜，以為可以在山下看見倒臥的他，在某個碎石堆底部，或許斷氣了。他在神經緊繃的時刻冒險繞了又繞，卻怎樣都找不到失足的人，最後不得不費力地尋找回家的路，免得自己也被這座山吞噬了。很晚了，累癱也很悲傷的他才回到村子裡；五個男人組成救難隊，要去找雀斯克。他們半夜出發，帶著毯子和鍋爐，以便在山上過夜，一大早就能巡邏。

與此同時，雀斯克還活著，雙腿與肋骨摔得粉碎，躺在那個山壁腳下一堆石頭上。他聽見同伴呼喚他的聲音，用盡力氣回答，但同伴沒聽見。然後他潛伏幾小時之久，偶爾聽見同伴仍在找他。他一次又一次嘗試呼喊，同伴好像走錯路了，他很生氣。他想他知道自己躺在什麼地方，這地方應該不難找才對。最後他明白了，同伴應該回去了，接下來的十二、十五個鐘頭，休想有人來救他。

他的兩條腿都斷了，腹部插著碎片，他絕望地去挖，痛死了。雀斯克發覺自己嚴重受傷，抱著一線希望。他相信有人會找到他，但他是否仍然活著，他很懷疑。他動彈不得，要捱過寒冷又漫長的夜，身上的傷似有致命之虞。

一個又一個鐘頭過去，他躺著發出微弱的呻吟，想起好多事情，但沒有一樣現在能派上用場。他想到那個曾經與他一起學跳舞、早就嫁人的女孩。他看不見，感受不到心跳的當下，他覺得美妙而幸福。接著，他想到一位同學，他曾經為了同一位女孩把他打個半死。這位同學遠走他鄉上了大學，現在是遠方山谷裡唯一的醫師，他應該可以幫他包紮，或者為他開一張死亡證明。

他回憶起他多次的徒步之旅，想到第一次進入黃山的那一天。他又想到那一次，他如何獨自在這個與世隔絕的沙漠頑強地走了又走，慢慢地愛上這座山，他覺得山比人親切多了。

他痛苦地轉頭，四下張望，仰望山巔，山靜靜地凝視他的眼睛。雀斯克注視著這個老傢伙，立於薄暮中的它神祕而憂傷，側翼風化得厲害，在春天喧囂的垂死掙扎與秋日下雪天之間的短暫夏季休息時光裡，老邁疲憊。夜幕低垂，峰頂有一束慘白的光一閃即逝，一個凶惡的陌生人，寂寞地躺在石頭的荒蕪之中。霧氣緩慢猶豫地瀰漫在沉默的山壁間，高、遠又冷的星座顯現於其中，遠處的溝壑有流水在唱歌，低沉又迷惑。

雀斯克．畢昂諦漸失生氣的眼睛看一切，都好似初次打照面。他第一次看到他渴望認識的山，黃山，站立在它千年的孤寂和憂傷的莊重之中，第一次知曉所有的生命，山和人，岩羚羊與鳥，所有星子與創造出來的事物——全都在一場雜沓著無法擺脫的困難中活著，尋找它的結局，而一個人的生與死與其他生命無分軒輊，與其他生命一樣，無任何含意。

當一塊石頭掉落，山中的水將之沖走，跌落一個又一個山坡，直到它於某處化為碎片，或者隨日曬雨淋慢慢剝蝕為止。他呻吟並以冰冷的心面對死亡之時，他感受到同樣的呻吟，以及同樣無名、空虛的寒冷，穿過這座山、土地，穿過微風和星空而到來。儘管他受到極大的苦，卻不覺過於寂寞，他似乎要虛弱地死在荒涼之中，如此殘忍、無意義，但他又覺得沒有比每天以及到處都發生的事情更殘忍、更無意義。

這個一輩子都不滿意，覺得要對抗全世界的人，第一次聽到世上某種和諧與永恆之美，他的心靈為之驚詫，他逐漸同意自己將死，真是奇特。他再一次看有缺口的山脊，屹立於星光閃爍的寒冷的靛藍夜色之中，他再一次聽奔流在峽谷內看不見的潺潺水聲。當他覺得雙手僵硬，他冷酷的臉上扭出一抹短促、狂野但滿足的微笑，狀似幸災樂禍，卻又沒有任何含意，只除了他對所發生的事了然並同意，這次頑固的他不能反對，同時別的也不要，而是他同意了，並覺得恰當。

這座山把他留下來，他沒有被尋獲。因此，村裡的人為他哀嘆，人人都但願他被安葬，長眠於墓地。但他長眠在山的岩石間，實行著命運的戒律，並不比若度過長而且愉快的一生後，被安葬在家鄉教堂的樹蔭下來得壞。（一九〇八）

4 詩人

聽說，中國詩人韓福少年時就熱愛學習任何與詩歌藝術有關的東西，專心又深入，這種妙不可言的渴望讓他喜樂非常。那時他還住在黃河邊的老家，在疼愛他的父母親的協助之下，達成了與一位好人家的女孩訂婚的願望，婚禮就訂在一個即將來臨的黃道吉日舉行。韓福那時年約二十，是個帥氣的小伙子，謙虛、舉止合宜又博學，年紀輕輕就因為寫過幾首好詩，而在家鄉的文人之間小有名氣。他並不富有，但有一筆充裕的財產在等著他，若再加上他的新娘帶來的嫁妝，整體就更多了些。這位準新娘不只人美，還非常賢慧，小伙子娶了他一定幸福，無可挑剔。然而他卻不十分滿意，因為他滿腔雄心抱負，要當一名完美的詩人。

事情發生在一天晚上，河邊正在慶祝花燈節，韓福獨自在河的對岸散步。他背倚著一棵低垂至水面的樹幹，看著上千盞燈籠映照在水中，影影綽綽，看見小船與筏子上的紅男綠女以及年輕少女互相打招呼，人人穿著節慶服裝，美如花。他聽到波光粼粼水上的喃喃低語，女歌者唱的曲子，齊特爾琴的絃音以及吹笛人甜美的音色。這些人事物之中，靛藍色的夜晚看在他眼裡，有如飄盪的廟宇拱頂。他心蕩神馳，作為唯一的旁觀者，他隨心所欲看遍所有美麗的東西。他走過去，留在那兒，在他的準新娘和朋友們的身邊一起歡慶節日的意念有多大，他就有同樣強烈的渴望，其實還更熱切些，以純粹旁觀者的身分吸收這一切，然後鋪寫成一首完美無瑕的詩：令人沉醉的葉，水上的光影，遊客們的興致以及這位安靜的旁觀者，倚靠著岸邊樹幹的這個人之思慕。他覺得，他從來都無法輕鬆地參與所有節慶以及地球上所有的賞心樂事，他也是個寂寞的人，某種程度上的旁觀者與外人，具有踽踽獨行的性情，感受到地球上美麗事物的同時，也必須感受到那個外人暗地裡的盼望。這讓他悲傷，不斷思前想後，他思考的結果是，唯有當他成功地把這個世界完整的寫入詩歌，在這些影像中他能自行滌淨並永遠占有世界時，他才會真正的快樂與滿足。

當韓福聽到一個輕微的聲音，看到一位老者站在樹幹旁，一個年老、穿一襲紫色袍子，一臉莊重的男人的剎那間，他不確定自己是清醒或者睡著了。他站起來，向老者致意，態度十分恭敬，那位陌生人微微一笑，順口吟了幾句詩，詩句都極佳又優美，遵守偉大詩人立下的格律表達出來，而且內容都是這個年輕人剛剛感受到的，他的心因驚愕而停止跳動。

「天啊，你是誰，」他喊道，同時深深一鞠躬，「可以看進我的心裡，寫出比我從所有的老師那裡聽過還要高妙的詩的人？」

陌生人卻只再次微笑，露出完成詩句的微笑說：「如果你想成為詩人，就來找我吧。這條大河西北方山上的源頭，你在那邊找得到我的茅舍，我的名字是文辭大師。」

說完，老人便走進那棵樹修長的陰影之中，瞬間消失無蹤，韓福怎樣也找不到他，連蛛絲馬跡都尋不著，他確信一切只是他累了睡著後做的夢。他快步走向小船，參加慶祝活動，然而在談話與笛音之間，他一再聽到那個陌生人神祕兮兮的聲音，況且他的心似乎跟著他走了，因為他眼神迷離，拘謹的和一群歡樂的人坐在一起，大家都拿他心有所屬這件事大開玩笑。

過了幾天，韓福的父親請了幾位朋友和親戚來商議結婚日期，準新郎卻反對，他說：「我身為兒子理當順從父親，但我顯然不聽話，請原諒我。但你知道，我多麼希望靠詩人的藝術闖出名號，雖然也有幾位朋友誇我寫的詩，但我很清楚自己只是初學者，連入門檻都還沒跨過。因此，我請求你，讓我過一段孤獨的生活，專心於學業，因為我覺得若先娶妻成家，我會被這些羈絆住。我還年輕，沒有別的職責要盡，只想為我的詩歌藝術獨自過一段時間，我期待從中獲得快樂與名聲。」

這些話讓做父親的驚訝不已，他說：「想必你愛這種藝術勝過一切。甚至為了它而希望延後你的婚禮。不然就是你和你媳婦之間不和，告訴我怎樣才能幫你忙，原諒她呢，還是另外物色一個？」

做兒子的發誓，他愛她如昔，而且永遠愛她，再者他和她之間根本不識吵架為何物。他同時告訴他父親，他在花燈節那日做了一個夢，一位大師說他可以當他的學生，這是他最希望得到的，勝過世界上其他的快樂幸福。

「也罷，」父親說，「我給你一年，這段時間裡你去追求你的夢想，那個人說不定是老天爺派來的呢。」

「有可能得花兩年時間，」韓福躊躇地說，「誰知道呢？」

於是他父親讓他退下，心情惆悵；小伙子寫了一封信向未婚妻道別，然後就離家了。

他走了很長很長的一段路之後，才來到那條河的源頭，找到一間遺世獨立的竹籬茅舍，那位他在河邊樹幹那兒見過的老人，就坐在茅舍前一張編織的草蓆上。他坐著彈琉特琴，當他看見客人恭敬地走近時，既未起身來，也沒打招呼，只是一味的微笑，柔軟的手指在琴絃上穿梭，迷人的樂音雲彩般在山谷中奔流。小伙子站在那兒，讚嘆不已，於甜美的驚詫中忘了一切，直到文辭大師把他小小的琉特琴擱到一邊，然後走進茅舍。韓福恭敬地跟隨他，留在他身邊當他的僕人和學生。

一個月過去了，他學會蔑視所有他之前寫過的詩，並且將那些詩驅逐出他的記憶。又過了幾個月，他把所有他在家中和老師們學到的詩歌悉數驅逐出記憶。大師幾乎沒和他說過話，他於靜默中傳授他彈奏琉特琴的技藝，直到這個學生的本質全然為音樂所貫穿為止。

一天韓福賦詩一首，描寫讓他感到欣喜的兩隻飛翔在秋空上的鳥。他不打算拿給大師看，一天晚上他在茅舍旁邊吟唱，大師開心地聆聽。他隻字未言，只是繼續輕輕撥弄他的琉特琴，不久天變涼了，曙光初露，吹起一陣強風，雖然正值盛夏，魚肚白的天上有兩隻蒼鷺翱翔，狀似極其渴望漂泊，這一切比學生的詩美得多也壯麗得多。學生因而黯然神傷，不發一語，覺得自己一無是處。老人每次都這樣，一年過去了，韓福差不多完全學會了彈琉特琴，但卻認為詩詞藝術愈來愈難，愈來愈崇高。

兩年過去了，小伙子害起了嚴重的鄉愁，思念家人、故鄉以及他的未婚妻，於是他央求大師讓他離開。

大師微笑點頭，「你是自由的，」他說，「想去哪裡，就去哪裡。你可以回來，遠離，統統按你的意思。」

學生於是上路，馬不停蹄趕路，直到有一天破曉時分抵達故鄉的河邊，看見拱橋對面的村子。他不聲不響走進父親的花園，聽見父親臥室窗戶傳出的呼吸聲，父親還在睡覺。接下來他溜進未婚妻家的林子，從一顆梨樹的樹梢瞧見正梳頭的她。他親眼所見的一切，和他思鄉情切時勾勒的圖一比較，他更明白自己注定要成為詩人，他看見了詩人夢中之美麗和優雅，真實情境中找都找不到的東西。他從樹上下來，從花園溜走，走過故鄉村子那座橋，回到山裡的深谷。年邁的大師和從前一樣坐在茅舍前，撥弄著他的琉特琴，他用兩句表達藝術喜悅的詩取代問候，詩中之深度與和諧悅耳讓小伙子熱淚盈眶。

韓福又留在文辭大師的身邊，因他已經精通琉特琴了，大師現在教他彈齊特爾琴，時光飛逝之快，一如西風中雪之融化。他又經歷了兩次排山倒海而來的鄉愁，一次他夜裡偷偷跑走，但尚未到達山谷轉彎的地方，掛在茅舍門上的齊特爾琴聲透過晚風傳了過來，琴音追著他，呼喚他折返，而他無法抵拒。另外一次是夢中他在花園裡種了一棵樹苗，他的妻子站在一旁，孩子們用酒和牛奶澆灌那棵樹苗。醒來時，月亮照進他的房間，他恍恍惚惚起床，看見一旁睡著了的大師的白鬍子微微發顫；他忽然興起對這個人的無比恨意，他覺得這個人毀了他的人生，許他美好的將來卻沒有兌現，他很想撲向他，殺死他。老者睜開眼睛，綻放一抹些微悲傷的溫厚微笑，消除了這個學生的怒氣。

「記住，韓福，」老人輕聲說，「你是自由的，做你喜歡做的事。你可以返鄉種樹，恨我，殺死我，我不會太在意。」

「啊，我怎能恨你呢，」他激動地說，「那就像我恨老天爺似的。」

於是他留下來，學彈齊特爾琴，然後學吹笛子，再後來他在大師的指導下填詩作詞，慢慢地學那神祕的藝術，看似簡單質樸，卻能翻攪聽者的心靈，猶如風吹過水面。他描述太陽升起，如何在山的邊緣躊躇不前，魚兒如何像水底的影子，無聲倏忽游過，春風中新綠的草地之晃悠；若是仔細聽，那就不僅是太陽，魚兒玩耍，草地低語，而是彷若蒼穹與這世界每一次於瞬間齊奏無與倫比的音樂，每一位聽眾傾聽時，各自懷著喜悅或苦痛，他所愛或所恨，小男孩想著遊戲，少年想著心上人，老人則想到死亡。

韓福不清楚他在大河流源頭的大師那兒停留了多少年，他經常覺得自己昨天晚上才進入這山谷，而老人撥絃接待他；他也經常覺得，似乎他之後的生生世世與時間盡皆墜落，並且變得很不真實。

一天早晨他獨自在茅舍裡醒過來，老人消失無蹤，他找了又找，頻頻喊他。一夜之間秋天驟然而降，嚴峻的冬天搖撼著老舊的茅舍，好大一群候鳥飛過山脊，雖然還未到季節。

於是韓福帶上那把小小的琉特琴，下山返回他的故鄉，他見到的人與他打招呼，問候他時，恭敬而有禮。當他回到城內，他的父親與他的未婚妻以及親戚們都已過世，他們的房子裡住的都是別人。到了晚上，河邊正慶祝花燈節，詩人韓福站在黝黑河岸的對面，靠著一棵老樹的樹幹，當他開始彈奏他那把小小的琉特琴，婦女們嘆息，陶醉又忐忑地望向黑夜，年輕女孩呼喚這位未曾打過照面的琉特琴演奏者，大聲說她們之中從未有誰聽過琉特琴發出這樣的聲音。韓福笑了，凝視有千盞燈流過的河面；他不再能清楚的區分何者為倒影，何者才是真實的，他也分不清這個慶祝活動與以前的有何不同，因為他以小伙子的身分站在這裡，卻聽到那位陌生大師在說話。（一九一三）

5 吹笛夢

「嘿，」我父親說，然後遞給我一支小的象牙笛子，「拿去吧，如果你在很遙遠的國度用你的笛子娛樂別人時，可別忘了你的老爹爹。時間差不多了，你該去看看這個世界，學些本事。我讓人幫你打造了這支笛子，因為你一直以來除了喜歡唱歌之外，沒做過別的工作。你要記住，你每次都要唱優美、討人喜歡的歌，否則就太辜負上帝賜予你的天賦了。」

我親愛的爸爸對音樂並不在行，他是老師；他以為我只要往那支漂亮的小笛子裡吹氣，然後就無師自通。我不想讓他失望，謝過了他，把笛子收起來，然後辭別。

我們這座山谷，我最遠曾經走到村裡那座巨大的磨坊，世界就從它的後面展開，而我非常喜歡它。一隻飛累了的蜜蜂停降在我的手臂上，我帶著牠往前走，這樣我稍後第一次停下來休息時，就有了傳送問候回故鄉的信差了。

沿途淨是森林與草地，河水淙淙；我想啊，世界和故鄉沒什麼區別。樹和花，玉米穗與榛子樹林，都是我喜歡的，我和它們合唱，它們懂我，就像在家裡一樣；此時蜜蜂醒了，牠慢慢爬到我的肩膀，起飛，嗡嗡嗡迴轉了兩次，聲音低沉甜美，然後筆直朝故鄉飛回去。

一個女孩從森林裡走了出來，手上挽著一個籃子，金髮的頭上戴了一頂寬邊遮陽草帽。

「妳好，」我對她說，「妳要上哪兒去？」

「我得幫收割作物的人送飯去，」她走在我旁邊說道。「那麼你今天還想去哪裡呢？」

「我要浪跡天涯，我父親要我去的。他說，我可以吹笛子給別人聽，但我還不太會吹，我必須先學習。」

「原來如此，是呀，那你到底會什麼呢？不管什麼總要會個一兩樣吧。」

「沒有特別的啦，我會唱歌。」

「什麼樣的歌呢？」

「各種各樣的歌，妳知道嘛，為早晨和晚上，為所有的樹木與花朵唱歌。譬如現在我就唱一首好聽的歌，關於一位從森林裡走出來，為收割作物的人送飯的年輕女孩。」

「你會嗎？那就唱吧！」

「好，但妳叫什麼名字哩？」

「布里姬特。」

於是我唱了一首關於戴草帽的美麗的布里姬特，她的籃子裡放了什麼，花朵如何目送她，花園籬笆上的藍色旋花又如何沾上她的衣服，以及所有與此相關的東西。

她留心聽著，然後說，歌曲很不錯。當我告訴她我餓了，她打開籃子的蓋子，取出一塊麵包給我。當我一口咬下，大踏步向前邁進時，她卻說：「走路的時候不應該吃東西，一樣一樣來。」

於是我們坐在草上，我吃我的麵包，她曬成棕色的雙手環抱膝蓋，盯著我瞧。

「妳還想聽我唱歌嗎？」吃完麵包後我問她。

「想啊，唱什麼？」

「唱一首遺失心愛東西的女孩，她很傷心的歌。」

「不，我不會。我不懂這種事，而且我們不應該這麼傷心，我應該只唱優美、討人喜歡的歌，我爸爸說的。我唱杜鵑鳥或蝴蝶的歌給妳聽好了。」

「你對愛情也一無所知嗎？」她問。

「愛情？哦，那是最美的東西。」

過一會兒我開口唱起來，唱喜愛紅色罌粟花的燦爛陽光，陽光與罌粟花玩耍，開心得不得了。唱登徒子的女人，當她等著他、以及他來到時，她卻驚慌失措跑了。繼續唱關於一位有棕色眼珠的女孩及一個小伙子，他為了她的棕眼而來，唱歌並獲贈一塊麵包；但現在他不要麵包了，他希望她親他一下，想凝視她棕色的眼珠，以及他一直唱下去，停不下來，直到她展露微笑，直到她的唇讓他的嘴封住為止。

布里姬特俯身向我。用她的唇封住我的嘴，閉上眼睛復又張開，我看見近乎金棕色的星星，裡頭有我和草地上幾朵白色的小花。

「世界真美，」我說，「我父親是對的，現在我要幫妳拿東西，然後我們去找妳的那些人。」

我拿起她的籃子，我倆繼續趕路，她的腳步聲與我的步伐配合得天衣無縫，她心情愉快而我亦同，森林從山丘傳下華美冷靜的話語，我從未如此開心的健行過。我興致高昂唱了好一會兒歌，直到不得不因為四周聲響太大而停下來，從山谷和山丘，從小草、樹葉、河流以及灌木叢共同發出的轟鳴聲、敘述著，實在太多太多了。

我不由得心想：如果我能同時理解又會唱這千百首歌，關於小草、花朵、人和雲彩，關於闊葉樹林、歐洲赤松林以及各種動物，還有所有關於遠方海洋與高山的歌，再加上關於星星與月亮的歌，倘使全都能同時在我心中響起並唱著，我將變成可敬的上帝，而每一首新歌就像掛在天上的星星。

正當我這麼想，以前我從未想過這些事情，所以變得沉靜古怪；布里姬特停下腳步，抓住我籃子的提把。

「現在我得往上走，」她說，「我的那些人在上面的田地裡。你呢，要往哪裡去？你跟我一起去嗎？」

「不了，我不能跟妳一起去，我要雲遊四方。謝謝妳的麵包，布里姬特，還有那個吻；我會想念妳的。」

她拿過她的餐籃，樹蔭下她棕色的眼睛再一次越過籃子朝我望過來，她的唇蓋上我的，她的吻如此美好，以致於感到無比幸福的我，幾乎轉喜為悲。於是我快快告別，匆忙走過大街。

女孩慢慢上山，走到森林邊緣的山毛櫸樹下時，停步往下望，在找我呢，我朝她揮手並揮舞帽子，她點點頭，然後像一張畫靜靜地融入山毛櫸的樹蔭中。

我從容地走在我的大街上，想東想西，直到一個轉彎口。

那邊有一座磨坊，磨坊旁的水上停著一艘船，船上有一人獨坐，看起來似乎在等我，因為我脫下帽子登船走向他時，船立刻啟航，飛快駛過河面。

我坐在船中間，那個男子坐在後面的舵輪旁，我問他我們將往何處去，他抬起頭來，一雙迷濛的灰色眼睛看著我。

「任憑吩咐，」他說，聲音低沉。「沿河而下入海，或者到大城市，你可以選擇。一切都歸我所有。」

「全部都是你的？你一定是國王囉？」

「大概吧，」他說。「你是詩人吧，我想？唱一首行船的歌來聽！」

我打起精神，在這位嚴肅、灰髮的男子面前我心生畏懼，況且我們的船無聲疾馳於河上。我歌詠河，它載著船隻，陽光照耀，激起岩岸嘩啦啦的水聲，開心地完成它的旅程。

男子的臉文風不動，我唱完時，他夢遊也似默默點頭。片刻之後，他自顧自唱了起來，我驚訝極了，他也歌詠河，河水穿過山谷之旅，他的歌比我的更美也更有力道，但聽起來截然不同。

他歌曲中的這條河，好似一個蹣跚的破壞分子下山來，陰鬱又狂野；磨坊讓它有壓抑感，橋樑又使它緊張。它痛恨每一艘它必須承載的船，它在水波以及長而綠的水生植物中微笑，彎下那酣醉的白色身軀。

這些我統統不喜歡，但音調又如此美妙又神祕，以致於我困惑不已，因為不安而沉默。如果這位年老、優雅又聰明的歌者，用他低沉的嗓音唱的，是真正的歌，那麼我全部的歌曲就只是蠢事一樁，不高明的少年遊戲之作。我歌中世界的基礎不好，透明有若上帝的心；幽暗與受苦，陰險與陰暗，如果森林錚錚淙淙，絕非興之所至，而是因為痛苦。

我們向前航行，太陽的影子愈拉愈長，每次當我開口唱時，聽起來明朗漸減，我的嗓子也愈來愈沙啞。每次那位陌生的歌者回應我一首歌，世界便更加不可捉摸，益顯含悲帶苦，也使得我更拘謹憂愁。

我覺得心痛，後悔沒有留在有花朵的陸地上，或者留在嬌俏的布里姬特身邊。暮色漸降，為了求得安慰，我再度大聲唱起來，穿過晚霞唱那首關於布里姬特和她的吻的歌。

黃昏來臨，我心情很不好，舵輪旁的那個男人唱著歌，也唱與愛情及愛戀喜悅有關的歌，棕色和藍色的眼珠，紅艷濕潤的唇，他在黑黝黝的河上幽幽唱的歌，好聽又感人，但他的歌曲中的愛情也同樣晦暗、惴惴不安，變成一個能取人性命的祕密，人們因為解不開這道謎而受創，但迫不得已以及強烈思念時，仍要摸索，然後用這個祕密相互折磨和殺戮。

我仔細聆聽，疲憊不堪又沮喪，彷彿我因為悲慘與不幸才踏上旅程，流浪已然數年。我不斷從陌生人那兒感受到一陣集悲傷與惶恐的微弱而涼爽的電流，向我傳過來，悄悄潛入我的心。

「哎，這是人生最高也最美的境界，」我終於愁苦地說了出來，「也是死亡。我拜託你，悲傷的國王哪，為我唱一首死亡之歌吧！」

現在，坐在舵輪旁的男子唱起一首與死亡有關的歌，他唱得比我先前聽過的還要好。然而死亡對他而言亦非慰藉，也不是最美與最高的境界。死亡即生命，生命即死亡，兩者糾纏交錯成一場永恆、劇烈的情愛爭戰，而這才是世界之最終以及意涵。從那兒萌生一種能表彰所有不幸的錯覺，那兒也出現一股使所有的喜悅和美感黯淡下去的陰影，用黑暗將之包圍。但是，喜悅從黑暗裡更深切、更美的東西中燃燒出來，愛在這個夜晚的深處發出亮光。

我側耳傾聽，全然靜默，除了這個陌生男子之外，我心中別無其他意念。他的眼光落在我身上，寧靜中蘊含著一定的哀戚慈悲，他灰色的眼眸中蓄滿痛苦與這世上的美。他對我微笑，我被迫鼓起勇氣要求：「唉，我們回去吧！深夜待在這裡讓我害怕，我想回去，去到能找到布里姬特的地方，或者回家找我父親。」

男人站起身來，指一指夜空，他的燈籠照亮他瘦削堅毅的臉，「沒有回去的路，」他嚴肅但友善地說，「若想探究世界，就必須一直往前走。你已經與那個棕眼女孩享受過最好也最美的經驗了，你離她愈遠，一切就會變得更好、更美。但儘管去你想去的地方吧，我要把我舵輪的位子送給你！」

我苦惱得要死，卻看出他是對的。我滿懷鄉愁想起布里姬特，想到故鄉，以及所有剛才還離我很近、清晰可見，歸我所有、這會兒已然失去的東西。但是，現在我想接收陌生人的位子，掌舵航行。必須如此。

因是之故，我安靜地站起來，走到船的舵輪座位，那個男人靜靜地迎面而來，當我倆會合時，他定定地看著我臉，然後把燈籠給我。

現在我坐在舵輪的位子，燈籠就放在身邊，船上只有我一個人。那男人不見了，發覺這點時我毛骨悚然，但又沒有大吃一驚，我早料到了。這美好的一天，包括健行、布里姬特、我父親以及故鄉，似乎只是一場夢，我年老而鬱鬱寡歡，長久以來不斷、不斷的航行在這條夜黑之河上。

我明白，我不准呼喚那個男子，辨明真實情況後我打了個寒顫。為了弄清楚我預感到的事情，我俯身向河水，舉起燈籠，看見漆黑水面上有一張輪廓分明但嚴肅的臉，配上一雙灰色眼睛。一張老邁、知情的臉，是我。

既然沒有回去的路，我徹夜航行在黝黑的水上。（一九一三）

6 奧古斯都斯

莫斯特農田街上住著一位年輕的婦人，她婚後不久就因一樁意外而喪夫，現在她又窮又孤單，住在一個小房間哩，等待她失怙的孩兒。她實在很孤單，整個心思便放在所等待的孩子身上，所有美好、精采的東西，她都為她的小孩想到了，希望他能擁有，替他夢想著。一棟石造鑲玻璃的房子，花園裡有一座噴水池，她覺得對那孩子來說恰恰好，至於他的將來，起碼要成為教授或者國王才是。

這個可憐的婦人伊莉莎白的隔壁住著一個老男人，鮮少看見他外出，他是個個頭小、蒼白的傢伙，戴一頂流蘇帽，手持一把綠色的雨傘，傘柄是老式的以魚骨製成。小孩都怕他，大人們則認為，他深居簡出想必有他的理由。他經常好長一段時間不見人影，但偶爾在晚上他破爛的小房子傳出優美的音樂，好似許多小而溫柔的樂器在合奏。打從他房子走過的小孩於是問他們的媽媽，屋子裡是不是有天使或者水妖在唱歌？但媽媽們毫無概念，就說：「沒有，沒有，那應該是一個音樂盒吧。」

這個小個子男人，鄰居口中的賓斯旺爾先生，與伊莉莎白女士建立起一種挺特殊的友誼。他倆從不跟對方說話，但小老頭賓斯旺爾先生每次經過鄰居的窗戶時，一定親切友善地向她致意，而她感激地朝他點點頭，很喜歡他，兩人都想：如果哪天我落入困苦非常的境地，我一定會到隔壁人家聽聽建議。天色一轉暗，伊莉莎白女士獨自坐在窗邊，為她逝去的心上人傷心，想著她的小孩，或者沉入幻夢中，賓斯旺爾先生就輕輕打開一扇窗，他昏暗的房間便流洩出輕柔又清脆、安慰人心的音樂，彷彿月光從雲隙裡照出來。另一方面，這位鄰居在他後窗有幾株天竺葵，他時常忘了澆水，卻青翠且花開滿枝，從未見過一片枯葉，因為每天一大早伊莉莎白女士就會來澆花並照顧它們。

秋天將臨之時，一個陰冷有風又下雨，莫斯特農田街無任何人現身的晚上，這位可憐的婦人發覺她要臨盆了，她因為孤身一人而感到惶恐。夜幕低垂時，來了一位手持提燈的年邁婦人，她鋪好棉布，把為一個孩子來到世界上該準備的統統打點妥當。伊莉莎白女士默默地讓一切進行，直到生出小孩兒，裹在嶄新精細的襁褓中，開始睡他在人間的第一場覺時，她才問那位老婦，她到底從哪裡來的？

「賓斯旺爾先生派我來的，」老婦說，然後累壞了的產婦就睡著了，早晨她醒來時，牛奶已經熱好了放在桌上，房間收拾得乾淨又整齊。小小的兒子躺在她身邊嚎哭，因為他餓了；但那位老婦人已然離開。媽媽把她的小孩抱到胸前，看到他漂亮強壯，她滿心喜悅。她想到他死去的爸爸，他永遠不會看到這個小孩，眼中蓄滿淚水，於是她摟著襁褓小兒，忍不住微笑，她就這麼和小男嬰一起又睡著了。當她醒過來，牛奶和湯又已經煮好了，小孩也換上新的尿片。

過不久媽媽恢復健康與強壯，可以照顧自己和小奧古斯都斯了，她想到應該要讓兒子受洗，卻不知請誰當他的教父。黃昏將至，天色漸暗，隔壁的小屋再度傳出甜美的音樂之際，她朝賓斯旺爾先生家走去。她羞怯地敲那扇深色的門，他友善地呼喊：「進來吧！」迎面出來，但音樂聲忽然停止，房間裡一盞小而舊的檯燈後放著一本書，所有擺設都和尋常人家一樣。

「我來找您，」伊莉莎白女士說，「是要謝謝您，因為您派了那位好心的婦人幫我。我很希望能付錢給她，如果我能重新工作，賺一點兒錢的話。但現在我有別的煩惱，小小子得受洗，取名為奧古斯都斯，他的父親也叫這個名字；但我不認識別人，不知道找誰當他的教父。」

「是呀，這我也想到了呢，」鄰居說著一邊撫弄他灰白的鬍子。「要是他有一位善良富有，若您困頓時，能照顧他的教父，再好也不過。但我也只是一個年老孤單的人，朋友很少，因此我沒辦法向您建議誰，除非您願意選我當教父。」可憐的媽媽好高興，謝過這個矮小男人，請他當教父。到了星期日，她把小孩抱到教堂讓他受洗，那位老婦人也出現了，送他一枚銀幣。媽媽不想收下銀幣，老婦人說：「儘管拿去，我老了，錢夠用。也許這枚銀幣會為他帶來幸運，我只是為賓斯旺爾先生效勞而已，我們是老朋友呢。」

然後他們一起回家，伊莉莎白女士為客人煮咖啡，鄰居帶來一個蛋糕，舉行了一場名符其實的受洗歡宴。他們吃飽也喝足了，小人兒早就睡了下去，賓斯旺爾先生很客氣地說：「現在我是小奧古斯都斯的教父，真想送他一座宮殿和滿滿一袋金塊，但我沒有這些東西，我只能送他一枚銀幣，放在他乾媽銀幣的旁邊。不過，我能為他做的，應該都會實現。伊莉莎白女士，您一定希望您的小男孩獲得許多美麗又良善的東西。您現在好好考慮一下，您認為什麼東西對他最好，我就會努力讓它成真。您可以為您的小孩許下一個願望，但只有一個，仔細考慮喔。今晚當您聽到我的音樂盒響起之際，您必須對著您小孩的左耳說出那個願望，那個願望將會實現。」

說完他快快告辭離去，乾媽隨他一起走了，獨留萬分驚異的伊莉莎白女士，若非搖籃裡放著那兩枚銀幣，桌上有蛋糕，否則她會以為一切只是一場夢。她坐在搖籃旁邊，輕搖她的孩兒，想想出一個美好的願望。一開始她希望讓他變得富有，英俊瀟灑，十分強大，聰明又靈巧，但處處有顧慮，最後她想：哎呀，這只不過是那位矮小老頭開的一個玩笑而已。」

天色已晚，她幾乎要坐在搖籃邊沉沉睡去，因為款待客人，因為煩惱以及許許多多的願望而疲累。當下隔壁房子傳來一陣優美柔和的音樂，無比溫柔動人，簡直不像音樂盒。伊莉莎白女士聽著聽著清醒過來，現在她又相信鄰居賓斯旺爾先生說的話，以及他以教父身分送的禮物。她思索的愈久，她想要的也就愈多，更加陷入胡思亂想之中，以至於她無法決定。她憂慮得不得了，眼中有淚，音樂於是聲音變小也變弱，她心想，如果此刻她再不把願望說出來，恐怕太遲而失去一切。她嘆了一口氣，彎下腰去對著小男孩的左耳低聲說：「我的寶貝兒子，我希望你——希望你——，」由於音樂聲完全靜止，她嚇了一跳，急忙說：「我希望所有的人都喜歡你。」

現在音樂停頓，陰暗的房間裡一片死寂。她撲向搖籃哭了起來，害怕焦慮極了，呼喊著：「啊，我已經盡我所知為你許下最好的願望了，那或許不是正確的，然而，即使人人都愛你，沒有人會比你的母親更愛你。」

奧古斯都斯和其他小孩一樣逐漸長大，他是個漂亮的金髮男孩，一雙明亮勇敢的眼睛，母親寵著他，所到之處都受歡迎。伊莉莎白女士很快就發覺了，她在受洗那日許下的願望在這孩子身上實現了，他才多大，剛學會走路，在巷子裡跑向別人時，誰都覺得他長的好看，活潑又伶俐，超過一般孩子。人人樂意幫助他，偏愛他。年輕的媽媽們對他微笑，老婦人送他蘋果，要是在哪裡淘氣了，沒有人認為是他闖的禍，一旦無法反駁，大家聳聳肩然後說：「我們真的沒辦法對這個可愛的小男孩生氣呀。」

一些被小男孩吸引的人來找他母親，這個誰也不認識，以前只在家接極少的縫紉工作的她，現下因為身為奧古斯都斯的母親而廣為人知，幫她的人之多，超過她所期待。她過得不錯，男孩亦同，母子倆相偕出門，鄰居都感到高興，打招呼並盯著幸福的他們瞧。

此外，最美好的事情就在奧古斯都斯的教父家；偶爾他在晚上會叫他去他的小屋，光線很暗，只有黑色的壁爐裡有小小的紅色火苗在燃燒，矮小的老男人讓小男孩坐在地板上鋪著的毛皮上，和他一起凝視安靜的火苗，然後講長長的故事給他聽。有時候一個長長的故事剛講完，小男孩睏了，黑暗的寂靜中半閉著眼睛注視火堆，然後黑暗中傳來甜美、多聲部的音樂，兩人靜靜地聽了好久好久，經常突然間好多閃亮的小孩出現在房間裡，用他們明亮、金光閃閃的翅膀到處繞圈子，好像在跳曼妙的舞，互相圍繞或者成雙成對。他們還一邊唱歌，聽來喜悅滿盈，有一種開朗的美感。這是奧古斯都斯聽過及看過最美好的東西，日後當他憶起童年時，老教父那間安靜昏暗的房間，壁爐內紅色的火苗和音樂，以及天使歡樂、金光閃閃的魔幻翅膀，最讓他回味，並且湧起鄉愁。

這段期間小男孩長大了，偶爾他母親想起受洗那天晚上的情景時，仍不免感到難過。奧古斯都斯開心地在附近的巷子裡穿梭，到哪裡都受歡迎，獲贈堅果和梨，蛋糕與玩具，人們給他吃的喝的，讓他坐在膝上玩騎馬，在花園裡摘花，他常常很晚才回到家，嫌惡地推開媽媽煮的湯。每逢她因此苦惱哭泣時，他便覺得無聊，悶悶不樂上他的小床；若是她斥責並處罰他，他就大吼大叫，埋怨所有人都愛他也對他好，唯獨媽媽例外。她這種煩憂時刻經常上演，有時候她對她的孩子非常火大，不過當他之後在枕頭上睡下，燭光映在他那張純真的童稚臉蛋上時，原本下定的決心不復見，她輕輕吻他，免得弄醒他。奧古斯都斯人見人愛，是她的錯，她有時悲傷、幾乎受到驚嚇地想著，或許當初不曾許下這個願望會比較好。

一回她站在賓斯旺爾先生種滿天竺葵的窗前，用一把小剪刀把枝上枯萎的花剪下來，忽然聽到她兒子的聲音從兩棟房子之間的庭園傳過來，她身子往前傾想看清楚一點兒。她看見他倚著圍牆，他那張漂亮、永遠神氣的臉，一個比他高的女孩站在他前面，懇求地看著他說：「對吧，你人真好，會給我一個吻？」

「我不要，」奧古斯都斯說，把手插進口袋。

「噢，拜託啦，」她又說。「我也會送你好東西喔。」

「什麼哩？」男孩問。

「我有兩個蘋果，」她羞怯地說。

但他轉過身去並且扮了一個鬼臉。

「我不喜歡蘋果，」他輕蔑地說，想走了。

但女孩抓住他，討好似地說：「喂，我還有一個漂亮的戒指。」

「給我看！」奧古斯都斯說。

她讓他看戒指，他細細端詳，從她手上扯下，套在自己的手指上，然後舉起手來就著陽光，挺喜歡這枚戒指。

「好吧，妳可以得到一個吻，」他草率地說，然後飛快吻了女孩一下。

「你現在要和我一起去玩嗎？」她馴良地問並挽住他的手臂。

但他推開她，惡狠狠地說：「讓我安靜！我要和別的小孩一起玩。」女孩哭著跑出庭園時，他臉上擠出覺得無聊和生氣的表情；然後他轉動手上的戒指，瞧著它，接著他吹起口哨，慢慢走開。

他母親手持花剪站在那裡，為她小孩冷硬的心腸和輕蔑的態度大吃一驚，其他人如何以親愛容忍著他啊。她不管那些花了，站著搖頭，不斷對自己說：「他很糟糕，他根本沒有心腸。」

過了一會兒，奧古斯都斯回到家，她質問他時，看著他藍色的眼珠漾出笑意，絲毫不覺歉疚，又開口唱歌，阿諛她的樣子滑稽、可愛又溫柔，她忍俊不住，很愉快地發覺，對小孩用不著動不動就大驚小怪。

男孩在這段期間並不是做什麼壞事都不必受罰的，教父賓斯旺爾是他唯一敬畏的人，每當他晚上進入他房間，教父說：「今天不燒壁爐，沒有音樂，小天使們很傷心，因為你很惡劣。」他便不發一語走出去，回家撲倒在床上哭泣，接下來有幾天他會努力表現良好又可愛。

但是壁爐生火的時候愈來愈少，少之又少，教父不因眼淚及撒嬌而軟化。奧古斯都斯十二歲時，教父屋裡如夢似幻的天使翅膀已是久遠的夢，哪天夜裡他要是夢見它，隔日肯定加倍肆無忌憚，大呼小叫，玩戰爭遊戲時，他扮統帥指揮許多同伴，像脫韁野馬。

他的母親早就聽膩了大家口口聲聲讚美她的孩子，他多優秀、多誠懇，她只為他擔心不已。一天他的老師來訪，告訴她，據他所知，有人準備送男孩去遠地的一所學校、讀大學，於是她和鄰居展開一次對話。一輛車於一個春日早晨開來，穿上漂亮新衣的奧古斯都斯進屋，向母親、教父以及鄰居們道別，因為他就要前往首都上大學了。他母親最後一次幫他把金色的頭髮匀稱地梳向兩邊，說了祝福他的話，馬匹動了起來，奧古斯都斯啟程遙遠的世界。

幾年之後，奧古斯都斯成為大學生，頭戴一頂紅色便帽，還留起了小鬍子，返回過故鄉一次，因為教父寫信告訴他，他母親病重，將不久於人世。小伙子在晚上抵達，大家嘖嘖稱奇看著他下馬車，以及車夫把他一口偌大的皮箱搬進屋。瀕死的母親躺在破舊狹窄的房間裡，英俊的大學生看到白色枕頭上那張慘白枯萎的臉時，他哭著撲向床，親吻他母親冰涼的手，跪著陪她一整夜，直到她雙手變冷，眼睛闔上為止。

他們將母親安葬後，教父賓斯旺爾挽起他的手臂，與他一起走進他的小屋，這個年輕人益發覺得屋子又矮又暗。他倆長坐良久，只靠著小窗射進些微光線，矮小的老先生乾瘦的手指撫摸他灰白的鬍子，對奧古斯都斯說：「我想生壁爐的火，這樣我們就不用點燈了。我知道你明天就要上路，你母親已經過世了，我們大概短時間內不會再看到你了吧。」

他一邊說，一邊在壁爐裡點火，然後把沙發椅挪近一點兒，大學生也挪了他的椅子，於是他倆又坐了許久，凝望那堆漸熄的柴火，直到火苗愈來愈小，老人忽然溫和的開口說：「再見，奧古斯都斯，祝你一切安好。你有一個正直的母親，她為你操勞的，勝過你所知道的。我多希望再一次為你播放音樂，讓你看看那些被賜福的小人兒，但你曉得行不通了。再者，你千萬不可忘了她們，要知道她們一直都在唱歌，還有有朝一日，也許當你滿心寂寞又強烈思念起她們時，也許會再聽到她們唱歌。把手給我，我的孩子，我老了，得上床睡覺了。」

奧古斯都斯把手伸給他，一句話都說不出來，他傷感地回到對門空寂的小屋，最後一次躺在老家睡覺，將睡著之際，他隱約覺得又聽見對面傳來他兒時那種甜美的音樂，十分遙遠又小聲。第二天早晨他走了，好長一段時間沒有人有他任何消息。

不久他也把教父賓斯旺爾及其天使給忘了，他的周遭多的是多采多姿的日子，騎著馬如波浪一樣奔馳。無人能和他那樣騎馬穿過響亮的巷弄，用鄙夷的眼光與仰望他的女孩們打招呼，無人能像他那樣輕快有魅力的跳舞，靈巧優美的駕馭馬車，在花園裡狂飲作樂，度過一個夏日的夜晚，吵鬧又絢爛。他是一位富有寡婦的情郎，她供給他金錢、衣服、馬匹及一切他所需，只想他陪著到巴黎與羅馬旅行，並且睡在她絲緞般的床上。但他愛的卻是一位溫和的金髮平民女，為了看她，他夜裡冒險溜進她父親的花園，當他踏上旅程，她寫熱情的長信給他。

然而他突然不再來了，他在巴黎交到了朋友，美麗的情人變得乏味，他也早就對學業了無興趣，所以他留在遠地，恣意享受生活，擁有馬、狗、女人，大把輸錢又贏錢，到處都有人跟在他後頭，希望為他所有，為他效勞，他微笑著接受，如同他少年時接下那小女孩的戒指那樣。願望魔術師就在他的眼裡和唇上，女人含情脈脈圍著他，朋友們酷愛他，沒有人看出——他自己也幾乎感受不到——，他的心變得多空虛、多貪婪，還有他的心靈生病了，受苦受難。偶爾他厭倦受大家歡迎，喬裝後獨自走過陌生的城市。他覺得每個地方的人都很傻氣，而他輕而易舉便獲得一切；他覺得每個地方的愛情都很可笑，愛情熱烈追逐著他，而他難得滿意過。他經常憎惡女人和男人，因為他們不夠驕傲，於是他單獨和狗兒消磨一整天，或者在山間美麗的狩獵區域，潛近並射殺一頭鹿，比一位嬌豔、寵壞了的女人追求他有趣多了。

一次他在海上旅行時，遇見了一位公使的年輕夫人，一位來自北方的貴族，嚴肅又苗條的淑女，處於眾多優雅女士以及世故男士之間的她顯得鶴立雞群，高傲沉默，似乎她獨一無二。當他看見並觀察她，她的目光充其量匆匆、很不在意地觸及他的，當下他覺得，彷彿此時此刻他才首度經歷到愛情的滋味，他因此企圖贏得她的愛。從那時開始，他無時無刻不待在她身邊，就在她眼皮子底下；因為他身邊老是有佩服他、想和他交往的紅男綠女環繞，現在他身處這位美麗嚴肅佳人的旅伴之中，有如爵爺偕其女爵，連金髮美女的丈夫也誇他，而且努力討他歡心。

他從不曾有過與這位陌生女子單獨相處的機會，直到到了南方的一個港埠，整個旅行團的人都下船，要在這個陌生城市裡漫遊幾小時，好讓鞋底接觸一下泥土。他沒有離開心上人，直到他成功地在一個繽紛的市集廣場於熙攘中讓她停步說話為止。這個廣場銜接許多小而昏暗的巷子，他把她帶進一條他熟稔的巷子，她這才猛然發覺自己與他獨處，變得羞澀，因為她的旅伴們都不在眼前，他神采奕奕靠近她，執起她遲疑的手，苦苦求她與他一起留在陸地上，然後遠走高飛。

她臉色發白，眼睛往地上看。「哦，這樣不合乎禮儀唷，」她低語。「您讓我忘了您說過的話吧！」

「我不是騎士，」奧古斯都斯說，「我是個心有所屬的人，一個心有所屬的人只知有心上人，除了要和她在一起，別的一概不想。唉呀，美人，來吧，我們會很幸福。」

她淺藍色的眼睛看著他，眼中淨是冷酷與責備：「您從何處得知，」她悄聲不滿地說道：「我愛您呢？我不能撒謊：我很喜歡您，時常希望有您當我的丈夫，因為您是第一個讓我衷心愛上的男人。啊，愛情竟讓人糊塗至此！我從來沒想過，自己會去愛一個血統不純正、出身不好的人，但我寧願留在我丈夫身邊，他可是位騎士，尊顯非常的貴族，全都是您所欠缺的。您別再和我說話了，帶我回船上，否則我就呼救，請別人來對付您的膽大妄為。」

無論他懇求或者咬牙切齒，她轉過身去，若非他無言地加入並陪同走回船上，她會獨自走開。他請人把他的行李箱送到陸上，沒有和任何人說再見。

從那時開始，大受歡迎的好運式微，他痛很起美德與名望，將之踐踏於腳下，用他的魔幻手法勾引端莊的婦女，剝削他迅速結交的正當人士，然後鄙夷地離開他們，深以為樂。他讓那些他沒多久就拋棄的婦女和女孩窮愁潦倒，專挑高貴家庭出身的少年，引誘並敗壞其名聲。他縱情聲色犬馬不知厭倦，染上諸多惡習再戒掉。但他的心中再無喜悅，而各處所贏得的愛，不復在他心中迴響。

他住在海邊一幢華麗的別墅，性情陰鬱，滿心厭煩，用最荒誕的情緒和惡毒折磨前來探望他的女人和朋友們。他渴望貶低別人，讓他們知曉他瞧不起他們；他受夠了也覺得沒必要，受到非他所求、所願以及所應得的愛環繞。他浪擲且損毀的人生毫無價值，覺得自己從未真正活過，只是一味接受。有時候他餓上一段時間，只為了再一次感受到真正的渴欲，以及能滿足那份需索是什麼感覺。朋友們互通聲息，都說他病了，需要安靜與獨處。信寄來他從不拆開閱讀，憂心的朋友向僕人打聽他的狀況。憔悴不堪的他獨自坐在面海的大廳裡，他空洞荒蕪的人生已成過往，貧乏且無絲毫愛的蹤跡，一如捲起的灰色鹹味的浪潮。他縮在高高窗戶旁的沙發椅上，與自己算帳的樣子真難看。沙灘上有海鷗飛過，他目光呆滯追逐牠們，喜悅和同情徹底從眼中消失，唯獨當他停止思考，斥責僕人，嘴唇上才會有一抹僵硬陰險的微笑。他邀請所有的朋友於某日來歡宴，打的主意卻是用空蕩蕩的屋子以及他的屍體來驚嚇並嘲弄來的人，因為他已下定決心於客人到來之前服毒自盡。

臆想中舉行歡宴的前一天，他把所有僕人都送走，他靜靜地待在偌大的房子裡，在臥室裡調配一劑毒藥，混進一瓶塞浦路斯葡萄酒內，然後送到唇邊。

正要喝的時候，有人敲門，因為他不作聲，門開了，一個矮小年邁的男人走了進來。他朝奧古斯都斯走去，謹慎地拿走他手上滿滿的酒杯，極其熟悉的聲音說：「晚安，奧古斯都斯，你好嗎？」

又驚又喜的人既生氣又慚愧，滿是揶揄地微笑說：「賓斯旺爾先生，您也還在人世啊？好久了，而您看起來真的不見老呢。您這會兒在這裡的時機不太對，親愛的，我累了，正想喝一杯安眠藥水。」

「我看到了，」教父鎮定地回答。「你想喝一杯安眠藥水，你說對了，這是最後一杯能協助你的酒。不過喝之前我倆要聊一下，我的孩子，我走了好長一段路，不介意讓我喝這杯酒提提神吧？」

說著他拿過酒杯送到嘴邊，在奧古斯都斯來得及阻止之前，他舉杯一飲而盡。

奧古斯都斯臉色慘白，衝向教父搖晃他的肩膀，尖叫：「老人家，你知道你喝了什麼嗎？」

賓斯旺爾先生點了點他那白髮蒼蒼但聰慧的頭，微微一笑：「塞浦路斯葡萄酒，我看到了呀，還不壞，看來你無匱乏之虞。我時間不多，不想打攪你太久，如果你願意好好聽我說。」

這個心慌意亂的人驚愕地看著教父的淺色眼珠，分分秒秒都在等著看他倒下。

但教父這當兒卻歡歡喜喜坐在一張椅子上，朝他年輕的朋友親切地點頭。

「你擔心這點兒酒會傷到我？那就安靜！你真好，會為我擔心，我想都不敢想哩。現在，我倆要像從前那樣談一談！看來你受夠了輕浮的日子，對嗎？這我能理解，等我走了，你可以再度把杯子斟滿，喝乾，但這之前我要告訴你一些事情。」

奧古斯都斯靠著牆，傾聽這位高齡之人悅耳的聲音，那是他從小就熟悉的，心靈中的往日回憶重新呼喚而出。強烈的羞愧和悲傷席捲上來，彷彿他看到自己天真無邪的童年。

「我喝光了你的毒藥，」老人繼續說道，「因為你的不幸是我造成的，你的媽媽在你受洗時為你許下了一個願望，而我實現了她的心願，雖然那個願望很愚蠢。你不需要知道是什麼，如同你自己察覺到的，它變成了一種天譴。很抱歉事情變成這樣，如果我還能看見，你再一次坐在我家的壁爐前聽天使唱歌，我將萬分欣悅。這不容易，眼下你也許覺得你的心不可能恢復健康、純粹及開朗。但其實可能辦到，我想拜託你嘗試一下。你可憐的母親許下的願望害了你，奧古斯都斯。假使你允許我現在再為你實現一個願望，隨便哪一個，如何？你想必對金錢與財富不熱中了，權力和女人亦同，你已擁有過，而且夠多了。好好想想，當你知道你哪個魔力能讓你墮落的人生重新變得美好，有所改善，並再次讓你開心起來時，我就為你許下那個願望！」

奧古斯都斯陷入深思，沒說話，他很累又很絕望，片刻之後開口說道：「謝謝你，教父，但我想我的人生無法用梳子梳理了。我就做你進來之際想做的事吧，這樣比較好。但我仍要感謝你走這一趟。」

「也罷，」老人若有所思說，「我可以想像對你而言很難，但或許你願意再考慮一下，奧古斯都斯，說不定你會想到至今你最渴念的東西，或者回憶起母親仍在世時的舊日時光，那時你偶爾晚上來找我，不是快樂又幸福嗎？」

「是，從前，」奧古斯都斯頷首，那個光彩照人的幼年畫面，看在他眼中已然遙遠且褪色，老舊鏡子般模糊。「不會再來了，我不能許願自己再當一次小孩。喔，那一切不就又要從頭開始了嘛！」

「不，那樣沒有意義，你說對了。但再想一下在故鄉的時光，想一想那個你念大學時，夜裡溜進她父親花園探望的可憐女孩，再想一下那位與你一起搭船航行海上的金髮女子，想想所有曾經讓你覺得幸福快樂，人生美好又寶貴的時刻。又或者你能辨識清楚，是什麼讓以前的你快樂無比，你就能許下那個願望。為了讓我高興，想一想吧，我的孩子！」

奧古斯都斯閉上眼睛，回顧他的人生，就像人從一個黑暗的走道追尋遠處的一個光點，是他的來時路，他再度看到它和從前一樣明亮美麗，環繞著他，然後慢慢黯淡、更黯淡，直到他立於全然的黑暗之中，再也沒有什麼能讓他高興起來為止。他思考、回想得愈多，朝他射過來的那個遠遠的微小亮光便更加美麗、可愛也值得追求，最後他認出了它，眼淚奪眶而出。

「我會嘗試，」他對教父說，「把那個沒能幫我忙的魔力拿走吧，換一個我有能力喜歡別人的魔力給我！」

他哭著跪在老朋友面前，彎下身去的剎那，就感覺到他對老人的愛在體內燃燒起來，煞費苦心搜尋話語和表情姿態。教父，那個小個子男人，溫和地挽起他的手，帶他到床邊，讓他躺下，摸摸他發熱額頭上的頭髮。

「沒事了，」他低聲對他說，「沒事，我的孩子，都會好轉的。」

極度的疲憊感向奧古斯都斯襲來，好像他瞬間老了好幾歲，他沉沉睡去，老人輕手輕腳走出這間無人聞問的房子。

一陣喧鬧把奧古斯都斯吵醒了，整棟房子都是聲音，他起來打開房門，發覺大廳和所有房間裡都是他以前的朋友，他們來到一間空蕩蕩的房子參加歡宴，失望得不得了。他走向他們，打算用一抹微笑和一句玩笑重修舊好；但他突然覺得，他的這股魔力已經消失了。朋友們一看到他，立刻對他大吼大叫，他無助地微笑，防衛性地伸出手，他們則憤怒地衝過來。

「你這個騙子，」其中一人尖叫，「我借你的錢呢，哪裡去啦？」另一人問：「還有那匹馬，我借你的那匹呢？」一位漂亮、惱火的女士責問：「你口沒遮攔，全世界都知道我的祕密了。我恨死你了，可惡的東西！」一個眼窩很深的年輕人扭曲著臉大叫：「你知道你是怎樣利用我的吧？你這個毀了年輕人的撒旦！」

就這麼一個接一個，人人辱罵他，每個人都說的有理，不少人打他。他們離去時把鏡子給打碎了，順手拿了許多值錢的東西，挨揍的奧古斯都斯從地上爬起來，飽受屈辱。當他走進臥室，往鏡子裡看以便清洗時，鏡中他的臉縮成一團，醜陋不堪，發紅的眼睛流著淚，額頭滴下血來。

「這算復仇，」他自言自語，然後洗掉臉上的血，他才想了一會兒心事，又有嘈雜聲鑽進屋子，有人正往樓上衝：他把房子抵押給借他錢的那些人，一位他勾引了他老婆的丈夫，因他引誘染上惡習、導致不幸的兒子的父親們，統統來了；辭退的僕人和女傭，警察與律師；一小時後他戴上手銬坐上一輛車子，送進監獄，之後全民尖叫，唱起譏諷他的歌，混混從窗戶丟出髒東西，擊中正走過的他的臉。

全城都在議論這個很多人認識而且深愛的人做過的壞事，他被控無惡不作，而他無一能反駁。他早就忘了的人站在法官面前，陳述他多年前幹的好事；收過他禮物也偷過他東西的僕人，把他惡行的祕密全抖了出來，每個人的臉上滿是嫌惡與憎恨，沒有人為他說情，讚美他，為他辯解，想起他好的一面。

他逆來順受，讓人帶進牢房，出牢房站在法官和證人前面，他無神的眼睛驚詫又悲傷地看著一張張凶狠、充滿怒氣與敵意的臉，看出每一張含恨與扭曲的臉皮下，有那顆心隱約閃爍的魅力和光澤。這些人曾經愛過他，而他一個也不愛，現在他向大家賠禮道歉，試著憶起對方的任何好處。

最後他被投入大牢，不准有人探視，他在發著高燒的夢囈中和母親、初戀情人、教父賓斯旺爾以及船上那位北方淑女說話，他醒來後，日子難過時，他寂寞枯坐，忍受所有眷戀與孤獨之苦，極度渴望人們的注視，彷彿他從未想思念過任何樂趣或者擁有過任何東西。

他出獄時又病又老，再也沒有誰認得他。世界一如既往，人們坐車或騎馬穿越巷弄，水果與鮮花、玩具和報紙陳列待售，就是沒人注意奧古斯都斯。那些他曾經挽在臂膀中聽音樂、啜飲香檳的美女們，搭乘華麗馬車呼嘯而過，揚起的灰塵兜得他滿頭滿臉。

他豪奢度日時能讓他窒息的可怕空虛和孤寂，已完全棄他而去。每當他只想暫時躲躲熾熱的太陽，踏進某家大門，或者走進後院的一間房子，只為了討一口水喝，那些從前為他自負冷淡的話語而心存感激，眼睛濕潤回答他的問題的人，這會兒老大不痛快，甚至高度戒備地聽他說話時，他好生驚訝。但現在他捕捉每一個注視他的目光，因而喜悅而且感動，他喜歡看著孩子玩耍和走路去上學，他愛那些坐在小屋前的板凳上，讓陽光溫暖他們乾癟的手的老人。如果他看到哪個小伙子，眼中盛滿愛意追尋某位姑娘，或者一位下工回家抱起自己兒女的工人，或者一位穿戴整齊、安靜但忩忙駕車，心裡想著他的病人的良醫，或者一位晚上在城外就著一盞提燈等候 甚至像他這個萬人唾棄的人出售身體的可憐襤褸的舞孃，那麼這些人全都是他的兄弟和姊妹，每一位都有親愛的母親以及較好的出身可資回憶，或懷藏一個更美好高貴命運的神祕標誌，他覺得每個人都親切有加，也很奇特，促使他沉思，此外，人人都比他好。

奧古斯都斯決定走遍全世界尋找一個地方，一個他可以為人所用，並向那些人證明他的愛的所在。他必習慣一件事，那就是他的注視無法讓人高興起來；他兩頰凹陷，衣服和鞋子是一個乞丐的，他的聲音與步伐也不再具有能讓人感到開心或著迷的特質了。小孩都怕他，因為他凌亂的灰色長鬍子往下垂，穿金戴銀人士唯恐他太靠近，他們覺得不舒服、骯髒，窮人猜疑他，視他為想攫走他們僅有零星物品的外地人。於是他努力為人服務，同時也學習，不容自己退縮。他看到一個很小的孩子伸手向麵包店的門把，小手怎樣也搆不著。他幫了他，偶爾他也碰到比他還窮的人，盲人或跛足者，他稍可扶他們走一小段路，做點兒善事。他幫不上忙時，便滿心歡喜把他僅有的一瞥開朗、和善的目光，一次友善的問候，一種理解與同情的表情送出去。他學著依照自己的方式仔細看人，看看他們對他有何期待，什麼會讓他們滿心歡喜：有人是一聲響亮、活潑的問候，有的則是沉靜的一瞥，還有的人避開他，不去打攪他。他每天都為這世界上不幸竟如此之多而驚訝，但人們又多麼逍遙自得。與痛苦並行的常是開心的笑容，喪鐘敲起的同時有兒童的歌唱聲，每一次困苦與卑劣中定能發覺一股循規蹈矩、一則笑話、一個安慰、一抹微笑，他覺得妙不可言，大受鼓舞。

他覺得生活實在太有意思了，每逢他拐進角落，迎面是一群蹦蹦跳跳的小學生，他們的眼睛因為勇氣與生活樂趣以及青春之美而閃閃發光，假使他們奚落或搗他蛋一下，也沒什麼大不了：甚至是可以理解的，當他從櫥窗或者在井邊喝水看見自己的身影，確實無精打采又寒酸。不，他已經不可能討人歡心了，不再能施展權力，以前都體驗過了。看到別人在各自的軌道上努力，以前他擦肩而過的人們如此勤勞，花許多經歷，懷著自負與喜悅追求訂下的目標，現在讓他覺得美好又愉快，對他而言那是一場奇妙的遊戲。

冬天來了，夏天也過了，奧古斯都斯病了很長一段時間，躺在一家貧民醫院，他在那兒享受到清淨，看到窮苦、病倒的人意志堅強，對人生仍舊抱持希望，因此戰勝死亡，他覺得自己好幸運，為此心存感激。看到病重之人臉上的耐心，看見康復之人眼中綻放出明亮的生之樂趣，真是太好了。同樣美好的是已逝之人安詳莊嚴的臉；更美好的，是擁有愛心與耐性的護士，美麗又整潔。然而住院也有結束的時候，秋風吹拂，奧古斯都斯繼續流浪，準備迎接冬天，當他看見自己正緩慢無休止地向前走時，一陣奇異的不耐攫住了他，因為他還想走遍四方，看許許多多人的眼底。他的頭髮白了，眼睛再發紅無神的眼皮下露出莫名其妙的微笑，他的記憶逐漸模糊，以至於他以為世界就是他今天見到的樣子，以前肯定也是這模樣，但他很滿意，覺得這世界美不勝收又值得愛。

冬天來臨時他抵達一座城市，陰暗的街上都是積雪，幾個小混混對著他扔雪球，此外暮色中一片寂靜。奧古斯都斯累壞了，走進一條似曾相識的窄巷，接著又走進另一條，他母親的房子與教父賓斯旺爾的房子都在那裡，風雪中顯得狹小破舊，教父家有一扇窗戶透出光亮，寧靜的紅色光澤照亮了冬夜。

奧古斯都斯走進屋，敲了敲房間門，那位矮小的男人出來，沉默地把他帶進房間，房間裡暖和又安靜，壁爐生了小而亮的火。

「你餓了吧？」教父問，但奧古斯都斯不餓，他只微笑著搖了搖頭。

「但你一定累了？」教父又問，然後把他那張老獸皮鋪在地板上，兩個老人便窩坐在一塊兒，盯著火堆。

「你走了很漫長的路，」教父說。

「哦，非常好，我只是有點兒累。我可以在這裡睡覺嗎？明天我想繼續上路。」

「可以，你可以睡在這裡。你不想再看看天使跳舞嗎？」

「天使？喔，當然，我好想看，如果我忽然又變回小孩的話。」

「我們好久沒見了，」教父接著說，「你變帥氣了，你的眼睛又好了，像你母親仍在世時一樣溫和。你來看我真是太好了。」

衣衫破爛的流浪者坐在老朋友旁邊，他從沒這麼疲倦過，暖意以及火光使他有些困惑，以致於他無法確切地區分今天與從前。

「教父，」他說，「我又淘氣了，媽媽在家裡哭呢。你一定要和她談一談，告訴她，我希望變好。好嗎？」

「好，」教父說，「別擔心，她很愛你的。」

火苗變小了，奧古斯都斯像小時候一樣，那張有睡意的大眼睛看著轉弱的火苗，教父捧起他的頭放在腿上，優美悅耳的音樂響起，溫柔醉人瀰漫整個房間，上千位嬌小發光的精靈翩然來臨，開心地旋轉，巧妙地在空中成雙成對，彼此交錯纏繞。奧古斯都斯瞧著瞧著，再重新獲致的天堂裡找到他溫柔的孩童感受。

他忽然好似聽到媽媽在叫他，但他太累了，況且教父答應過要和她談一談。他睡著後，教父把他的手交叉放好，細聽他靜止下去的心跳，直到黑夜確實降臨房間為止。（一九一三）

7 夢見神

我獨自無助地走著，四下昏暗模糊，我尋尋覓覓並奔跑，想知道所有的光亮逃往何處？那邊有一棟新的樓房，窗戶發出耀眼的光，門上有白晝般的光在燃燒，我從一扇大門走進去，來到一間燈火通明的大廳。許多人聚集在此，沉默、聚精會神地坐著，因為他們為了要向掌管知識的祭司求取安慰與光亮，才來到此地。

這群人前面有一塊隆起的地板，掌管知識的祭司立於其上，一個身穿黑衣、沉靜的男人，慧黠的眼睛略有疲態，他對著許多聽眾說話，聲音清晰、溫和又無比鎮定。他面前的淺色板子上繪有許多神的形象，眼下他就站在戰爭之神前，敘述很久以前這位神之所以產生，是源於那時代的人有此需求和願望，而他們尚未能夠斷定世界力量的一致性。不，他們始終只看見單一、明顯的需求，以前的人需要並為海洋和堅固的陸地，為打獵和戰爭，為了雨水及太陽，創造出一個又一個特別的神靈。於是，戰爭之神產生了，智慧的僕人準確又清楚地解說，第一批肖像於何處建立，何時有了第一批犧牲獻祭，直到後來不需要認可這位神靈之勝利為止。

他揮著手，戰爭之神溘逝，退場，黑板上的肖像換成了睡神，同樣也加以解說，哎，太快了，我多希望多聽一些關於這位可愛神靈的故事。祂的肖像取下，踵至其後的是酒醉之神、悅愛之神，農耕、狩獵以及持家的女神們。諸神各自特殊的形象與美麗發出光芒，有如來自人類遙遠少年時光的一句問候和反照，一位接一位敘述，並且說明為何祂們很早就顯得多餘，一張張肖像依次消逝，退下，每次我們的臉上都閃動著微小精細的勝利，心中同時又感到些許同情與遺憾。有幾個人老是笑，拍手大呼「拿掉！」於是又有一張神靈的肖像在那位博學的人開口之前就被賜死了。

誕生與死亡之神亦同，我們聚精會神聽講，但不需要特別的比喻，愛、忌妒，恨與憤怒亦然，因為不久前人類才對這些神感到厭煩，並且了解到，無論是人的心靈或者地球、海洋中心，都沒有個別的威力及特性，充其量只是原始力量中一種巨大的反覆來回，從現在起，研究其本質將成為人類才智之一大任務。

大廳這當兒愈來愈暗了下去，大概是因為肖像一張張被取下，或者是什麼我不清楚的原因而朦朦朧朧，我因此看出，在這座神廟裡也沒有純粹且永恆的泉源在發光，於是我決定逃出這間房子，去尋找有光亮的地方。

正當這個決定促使我展開行動之際，我看到大廳裡的光影更加黯淡，而人們開始感到不安，尖叫著像羊群似地相互推擠，彷彿被一場突如其來的暴風雨給嚇到，然後再也無人聽那位智者說話。一股令人厭憎的恐懼和悶熱沉降至這群人中，我聽到嘆息與尖叫，望著怒火中燒的人們往大門衝。空氣中滿是灰塵，濃濁如硫磺煙霧，夜色籠罩，空洞的窗戶後卻有一盆不安定的炭火在暗紅色中跳動，好像失火了。（一九一四）

8 來自另一個星球的奇怪訊息

我們這座星球上的一個南方省分發生了極大的災難，一場可怕的暴風雨與洪水氾濫，伴隨著地震，三個大型村落及其所有花園、農田、森林以及農作，都被摧毀了。許多人與動物因而死去，最令人傷感的，是包裹死者以及適當裝飾他們墳地的花朵嚴重缺乏。

恐怖的時刻結束後，當然立刻進行所有援助措施，而鄰近鄉鎮也連夜展開呼籲捐贈等等，省內所有的塔樓都聽得到領唱者唱著讓人感動且觸動心靈的詩篇，長久以來那些詩篇被視為同情女神的問候，無人能抗拒祂問候的聲音。從每一座城市與鄉鎮開來的火車，不多久就把有同情心、樂意助人的人送到此地，遭遇不幸的人，亦即頂上無片瓦之人，收到親切的邀請和請求，住到親戚家或別人的房子裡，或者接受陌生人的款待。食物和衣服，車子與馬匹，工具、石頭和木柴，以及許多其他東西從四面八方湧入，要幫助他們。老人、女人與小孩因行善的手以及殷勤被接走而備覺安慰，人們悉心為傷者清洗並包紮，在瓦礫堆中尋找死者的同時，另外有人毫不遲疑地動手清理起倒塌的屋頂。打掉牆和樑柱以及所有必要的東西，為迅速重建而準備。雖然空氣中依舊殘存著殘酷的氣息，尤其是提醒大家哀悼死者以及出於尊敬而靜默，但人人的臉上和說話聲都透露著準備好了的欣喜，以及某種溫柔的喜慶味道。有志一同努力做一件事使人振奮，做一些非常必要、美好且有益的事，充盈著所有人的心靈。一開始一切在靦腆與沉默中進行，不消多時，愉快的聲音便到處可聞，聽得到一起幹活的人輕哼一首歌，不難想像他們在唱什麼，首先是那兩首古老的箴言詩：「神聖，就是幫助剛遭遇不幸的人；他的心如貧瘠花園汲取第一場雨水，以花朵和感激心情代替回答？」另一首為：「上帝之快活從共同行動中奔流而出。」

然而眼下缺少鮮花，足以使人唉聲嘆氣，第一批被發現的死者，覆蓋著人們從遭毀的花園收集來的花朵與樹枝。接下來大家到附近的村落搬運所有能拿到的花，但這次的災難實在很特別，不巧最大也最美的花園就是在三個被摧毀的鄉鎮，原本這個季節應該花開滿園。每年都有人來這裡觀賞水仙與番紅花，別的地方沒有一望無際的花海，也沒有如此嬌豔，色彩如此奇特的種類，現在全都毀於一旦。於是，人們站在那兒一籌莫展，不知道應如何滿足逝者的需求，其實每一個死去的人以及每一隻死去的動物，都應該好好地用當季的鮮花裝飾，尤其是突然又含悲地喪失生命的人，所舉行的葬禮要更豐盛華麗才對。

這個省裡年紀最長的一位，是首批奧援人士中乘車現身者之一，很快就發覺自己被一堆問題、請求以及抱怨所包圍，他得很費神才能保持鎮定與好心情。但他不慌張失措，一雙眼睛炯炯有神而且友善，說話清晰有禮，白鬍子後面的嘴唇上總不忘掛上一抹沉靜親切的微笑，與他智者與諮商者的身分很般配。

「各位朋友，」他說，「我們遭遇了一場眾神用來考驗我們的災難，這裡所有受損的東西，我們要盡快重新建立起來，交還給我們的兄弟。感謝諸神，已然年邁的我還能有此經歷，你們為了要助我們的兄弟一臂之力，拋下一切趕過來。現在我們去哪裡弄花來，好讓親戚們為亡者舉行葬禮時，能把他們裝飾得體面也好看？只要我們活在世上一天，就不容許任何一位逝去的朝聖者在沒有鮮花裝扮的情況下下葬。這可是大夥兒的想法。」

「沒錯，」人人呼喊，「我們也這麼認為。」

「我知道，」是耆老父親般的聲音，「朋友們，我現在想說出我們必須做的事。我們必須把所有今日無法安葬的困倦者移到寬敞的夏宮，往上安置到仍有積雪的山上。他們在那裡很安全，面容身軀在鮮花運來之前也不會改變。但是，這個季節能幫我們張羅到大量花朵的，就只有國王了。所以，我們必須派一個人去請求國王奧援。」

大夥兒再次點頭，說：「對，對，去找國王！」

「這就對了，」耆老接著說，每個人都看得出來，他花白鬍子後的喜悅微笑閃閃發亮，「我們要派誰去找國王呢？他必須年輕力壯，因為路途遙遠啊，還有我們要把最好的馬給他。這個人還必須英俊瀟灑，心地善良，眼睛有神，這樣才會討國王歡心。他倒是不需要說很多話，但他的眼睛要能表達。上上之策是派一個小孩去，這個鎮上最漂亮的小孩，但一個孩子如何應付這種旅程呢？你們得幫幫我，朋友們，如果有哪位願意擔任報信人，或者有人知道誰適合，我拜託他說出來。」

耆老默默地睜大他明亮的雙眸逡巡一遍，但沒有人站出來，也沒有人出聲。

他把他的問題重提一次，到了第三次時，一位少年走向他，十六歲的年紀，幾乎還是個孩子。他與耆老打招呼時低首斂眉，臉都紅了。

耆老注視他，當下就看出，他會是稱職的報信人。但他只是微笑著說：「你想當我們的報信人，很好，但為何這麼多人當中偏偏只有你願意？」

少年抬起頭來直視老人，說：「如果別人都不願意去，就讓我去吧。」

人群中有人大喊：「派他去，耆老，我們認識他。他是這村裡的人，地震把他的花園變成了荒地，那可是我們這兒最漂亮的花園哪。」

老人友善地凝視男孩的眼睛，問道：「你為你那些花感到可惜吧？」

少年輕聲答覆：「我覺得很可惜，但我不是因為那個才站出來的。我有一位很要好的朋友，也有一匹少壯的駿馬，雙雙死於地震，兩個都還躺在大廳，一定要有鮮花才能入土。」

耆老把手放在他頭上施以祝福，立刻為他挑了一匹上好的馬，他俐落地躍上馬背，敲敲馬兒的脖子，點頭告別，然後衝出村子，越過潮濕荒涼的田野離開了。

少年騎了一整天的馬，為了要儘快趕赴國王所在的遙遠首都，他抄了高山捷徑。到了晚上，天色漸暗，他拉著馬兒的韁繩，走一條陡峭的路穿過森林與岩石。

一隻他從未看過的大黑鳥飛在他前方，他跟著牠走，直到黑鳥停在一間門打開的小型寺院的屋頂。少年讓他的馬在森林草地上休息，穿過木樑進入這個簡樸的聖地。唯一的獻祭品是一塊豎立起來的岩石，從黑色的岩石切割下來的，但本地並不生產這種黑色岩石，上頭還有一個這位報信人沒看過的古怪神靈標誌：一顆心，一隻野鳥正在啄食的心。

他敬拜了神靈，獻上他在山腳下採摘，然後別在衣服上的一株風鈴草作為祭品。然後他在一個角落躺下來，因為他累壞了，想要睡覺。

但他毫無睡意，瞌睡不像平常那樣，每晚自動來到他的臥鋪。岩石上的風鈴草，黑色的岩石本身，或者其他什麼東西，流淌出一股濃郁而痛苦的奇特香氣，那幅可怕的神像在黑暗的大廳裡發出幽靈般的微光，屋頂上那隻怪鳥偶爾用力地拍打牠驚人的翅膀，有若狂風掃樹轟轟而鳴。

到了半夜，少年爬起來，走出寺院，仰頭看那隻鳥。牠正拍翅並盯著少年看。

「你為什麼不睡覺？」大鳥問他。

「我不知道，」少年說，「也許是我覺得難過。」

「什麼事讓你難過了？」

「我的朋友和我的愛馬都死了。」

「死就這麼糟糕嗎？」大鳥語帶譏刺。

「噢，不，大鳥，死沒那麼糟，死只是一種離別，我不是為了這個傷心。

糟糕的是我沒辦法安葬我的朋友及我漂亮的馬兒，因為我們沒有鮮花了。」

「有比這更糟的呢，」大鳥說，牠的翅膀不耐煩地又拍又打。

「不對，大鳥，絕對沒有比這還要糟的事了。沒有鮮花獻祭就入土的人，將被禁止依照意願重生。至於沒有鮮花就把死者下葬並舉行葬禮的人，會在夢中看見亡者的影子。你瞧，連我也睡不著，因為我的亡者還沒有鮮花可裝飾。」

大鳥彎彎的喙子嘎吱嘎吱叫著，「小伙子，如果你除了這個沒有經歷過別的事情的話，你根本不識痛苦為何物。你沒聽過別人說起真正的不幸吧？關於恨、謀殺、忌妒之類？」

聽到這些字眼的少年以為自己在作夢，他沉思片刻後很客氣地說：「哇，你這隻鳥，我記得呀；古老故事和童話中有這種事。但那都不是真實的，不然就是很久以前的世界，沒有花也沒有慈悲的眾神的時代，一度有過那種事。誰會想到！」

大鳥的尖嗓子發出輕笑，然後伸直了身子，對男孩說：「你現在要去國王那兒，而我得為你指條路，對嗎？」

「哦，你認得路，」少年開心地喊出來，「是的，如果你願意帶我，我求之不得。」

大鳥於是無聲地降落在地上，無聲地展開翅膀，吩咐少年把馬兒留在此地，與牠一起去找國王。

找國王的報信人坐上去，騎在鳥背上。「眼睛閉起來！」大鳥發號施令，他照辦，他們兩個飛過黑暗的天空，安靜柔軟猶如貓頭鷹飛行，報信人的耳畔只有冷風的呼嘯聲。他們飛呀飛，整夜都在飛。

清晨時分他們停了下來，大鳥說：「張開眼睛！」少年睜開眼睛，看見自己正站在一座森林的邊緣，腳下是籠罩在第一道曙光中發亮的平地，那光芒好耀眼。

「你在這座森林可以找到我，」大鳥說。牠像一支箭射向高空，不一會兒就消失在藍色天際。

當年輕的報信人從森林走向遼闊的平地時，他覺得很不可思議，四周的一切都改變得如此厲害，以至於他不清楚究竟清醒還是在夢中。草地和樹木與家鄉的長的很像，太陽高掛，風在花兒盛開的小草間玩耍，但不見人影或動物，也看不到房子與花園，這裡似乎和少年的家鄉一樣，剛遭到地震摧毀。建築物的碎片、折斷的樹枝以及吹倒的樹木，東倒西歪的籬笆以及凌亂丟棄的工具散落地上，他忽然看見田野中央躺著一個死人，曝屍半腐，相當駭人。當下少年覺得非常恐懼，胃裡一陣作嘔，他從未見過這樣的場面。那位死者的臉甚至沒有覆蓋物，看起來像被鳥啄了，因為腐爛而半毀，少年移開目光，找了些綠葉和幾朵花蓋在死者的臉上。

四周有一股無以名之，難聞至極又使人心情沉重的味道瀰漫，怎樣也揮趕不掉。草叢中又躺著一具死屍，成群烏鴉圍繞，一匹沒有頭的馬，人與動物的骨骸，全都孤零零曝曬於陽光下，似乎沒有人想到鮮花與安葬。少年很害怕，大概是一場難以想像的災難把這土地上的所有人都殺死了，死人太多了，他不得不停止摘花覆蓋他們的臉。惶恐、半閉著眼的他繼續走著，屍臭和血腥味從四面八方湧來，上千個廢墟和堆屍體的地方，如一陣愈來愈強大、夾帶著悲嘆與痛苦的浪頭打上來。報信人想自己仍困在一場凶猛的夢境中，感覺那應是上天的一個警示，因為他尚未用花朵裝飾死者，也沒有好好安葬它們。他重新想起昨夜那隻寺院屋頂上的黑鳥說過的話，以為又聽到了牠那尖銳的聲音，彷彿在說：「有比這更糟的呢。」

現在他明白了，大鳥把他帶到了另一個星球，而他目光所及的一切，是真實情境，也是真理。他想起小時候聽人敘述幾則原始時代令人戰慄的童話時的感覺，此刻他又有相同的感受：讓人打哆嗦的驚恐，驚恐的後面心頭感到一種寧靜愉快的安慰，因為那些都遙遠得不得了，老早就發生過了。這裡的一切就像一則恐怖童話，驚駭、屍體以及食腐肉的鳥所形成的奇異世界，似乎沒有意義，無須順從難以理解的規矩，荒誕的規矩，順從它便一再發生惡劣、愚蠢以及醜陋的事情，而非美好又良善的事。

想著的同時，他看到一個活生生的人正走過田野，大概是農夫或雇農，他快步朝他跑過去，呼叫他。當他靠近一點兒看他時，少年嚇了一跳，同情襲上心頭，這位農夫醜陋不堪，幾乎不再像太陽底下的任何人。他看起像人，一個習於只想到自己的人，而且習慣了不管怎樣，發生的事都是錯的、醜的以及糟糕的，像一個自始至終生活在殘酷的恐怖夢中的人。他的眼中、整張臉以及人沒有一丁點兒快活或仁慈，無絲毫感激和信任，這個不幸之人似乎缺乏每一種最簡單、不言而喻的美德。

少年重新控制自己，他走近那個人，態度非常和善，視他為遭逢不幸的人，親切地問候他，微笑與之攀談。醜八怪呆呆地站在那兒，大而無神的眼睛驚詫地望著。他的聲音粗啞，亦無音韻，有如地位較低的人在咆哮，但他無法抗拒少年目光中流露出來的開朗以及好聲好氣的信任。就在他呆視這個陌生人好一會兒之後，他布滿皺紋的粗糙臉上擠出了一個微笑或者獰笑——總之不好看，溫和卻也驚愕，彷若一個剛從地球最底層出來的重生靈魂的第一抹小小的微笑。

「你想幹嘛？」那人問陌生的少年。

少年遵循家鄉的規矩回答：「謝謝你，朋友，想請你告訴我，有什麼是我能為你效勞的？」

農夫不語，驚訝又尷尬地笑，報信人問他：「告訴我，朋友，那些駭人、可怕的事，這裡怎麼了？」說著他用手指指四周。

農夫看似沒聽懂他說的話，報信人於是重複一遍他的問題，他說：「你沒見過這種場面嗎？這是戰爭，這是一個戰場。」他指向一堆黑色的瓦礫，說：「那本來是我的房子，」少年很同情地凝視他的眼睛，他垂下眼睫看地上。「你們沒有國王嗎？」少年繼續問，農夫回答有，他又問：「他在哪裡？」那人指著對面，可以看見很遠的地方有一個小型的野營地。報信人於是告辭，把手放在那人的額頭上，然後趕路。農夫兩手按住額頭，悲傷地搖著他笨重的頭，站立良久，呆呆地目送外地人。

少年跑了又跑，跑過瓦礫與暴行殘留，直到抵達野營地才停。那裡到處都站著武裝的男人，沒有人正眼看他，他走在人群和營帳之間，直到找了那頂最大也最漂亮的帳篷，就是國王的帳篷。他走了進去。

國王坐在帳篷裡一個簡單、低矮的臥鋪上，一旁放著大衣，身後的暗影下蹲著一位僕人，他睡著了。國王屈身坐著，陷入深沉的思索之中。他的臉英俊但憂傷，曬黑的額頭上有一綹灰髮垂下，他的佩劍就放在他前面的地上。

少年緘默地向國王鞠躬，就像他向自己的國王行禮那樣，他雙手交叉抱胸站著等候，等到國王朝他望過來。

「你是誰？」他很嚴肅地問，黑色的眉毛糾在一起，但他的目光停留在這位陌生人帥氣明亮的五官上，少年注視他的眼中充滿信任與友善，使得國王的聲音變柔軟了。

「我以前看過你一次，」他若有所思說，「不然就是你很像某個我小時候認識的人。」

「我是外地來的，」報信人說。

「那就是夢囉，」國王輕輕地說，「你讓我想起我的母親。說話，講些事情給我聽。」

少年開口：「一隻鳥把我帶來這裡，我的國家發生了一場地震，我們想埋葬死者，但我們沒有花了。」

「沒有花？」國王說。

「沒有，一朵花都沒有，要埋葬死者，卻不能用鮮花來布置，真是糟透了，不是嗎？他應該一身華麗，含著喜悅接受死亡才對。」

報信人突然想到，不知有多少具尚未埋葬的屍體還躺在恐怖的田野上，因此暫時打住，國王望著他點了點頭，沉重地嘆了一口氣。

「我本來要去找我們的國王，求他提供鮮花，」報信人繼續說道，「但我到達山區的寺院時，遇見一隻大鳥，牠說要把我帶到國王那裡，於是，牠帶著我飛到了你這邊。敬愛的國王啊，那是一位我不認識的神靈的寺院，大鳥就棲息在寺院的屋頂，石塊上的神靈還有一個很古怪的標誌：一顆心，一隻野鳥正在啄食的心。那天晚上我和那隻大鳥有過一次談話，直到現在我才明瞭牠話中的意思，牠說，這世上有很多，許許多多超乎我知道的痛苦和壞事。此刻我人在這裡，越過田野來到這裡之時，看見了無窮無盡的痛苦與災難，噢，比最令人心驚膽戰的童話中記載的還要多得多。既然我來了，國王，我想請問你，是否有我能為你效勞之處？」

專注聽他說話的國王努力想擠出一個微笑，但他英俊的臉龐如此嚴肅，哀傷至極，根本笑不出來。

「謝謝你，」他說，「你可以為我做一件事。你讓我憶起我的母親，為此我向你道謝。」

國王笑不出來，使得少年有些苦惱，「你好憂傷啊，」他說，「是因為這場戰爭嗎？」

「是的，」國王說。

少年再也克制不住，冒犯這位極力壓抑，但如他所察覺，又是一位高貴的人，他失禮的問：「我請求你告訴我，你們為什麼在你們的星球發動這些戰爭？到底是誰的錯？你自己有沒有過失呢？」

國王出神地望著報信人，好久好久，看似對他魯莽發問感到不快，但他陰鬱的目光無法迎上這位外地人明亮又無惡意的雙眼。

「你是小孩，」國王說，「那是你還無法了解的事情。戰爭不是誰的錯，它自然而然發生，和狂風、閃電一樣，所有我們必須起而對抗它的人，並非戰爭的發起者，只是戰爭的犧牲品。」

「所以你們很輕易就死了？」少年問，「在我的故鄉，死沒有那麼可怕，而且大部分的人自願去死，很多人高興地接受死亡；但永遠都不會有人膽敢殺死別人。你們的星球應該頗為不同。」

國王搖頭，「殺戮在我們這兒雖然不是太罕見，」他說，「但我們當它是最嚴重的罪行。唯一允許殺戮的，是戰爭，因為在戰爭中無法出於恨意或忌妒，為了一己的利益而殺人，大家都只是做團體要求他們做的事。如果你以為他們輕易就死去，可就錯了；如果你看過我們死者的臉，你便能看出，他們死得很艱難，他們死得艱難又不情願。」

少年都聽進去了，為這個星球上的人所擁有的人生之悲涼與沉重而驚訝萬分，他有好多問題想要提出，但他有預感，他永遠無法理解這些陰暗又可怕的事情的原委，何況他覺得自己亦尚無強烈的意願想理解這些事。不是這些令人惋惜的生命紀律不彰，就是這個星球在沒有光明慈悲的神靈的情況下由魔鬼來統治，不然就是這個星球遭逢厄運，治理時鑄下的大錯與謬誤。

若繼續追問國王，非要他回答及承認不可，都將令他尷尬萬分，同時也很殘忍，因為他的回答與自白肯定尖刻、忍辱屈從。那些生活在高度畏懼死亡，卻大量相互殘殺的人，臉上都有一種尊嚴盡失的粗鄙，就像那位農夫的臉，也如這位國王一樣，臉上盛滿強烈可怕的哀傷。他為他們感到難過，但又覺得他們非比尋常，幾乎可笑，以一種令人沮喪羞恥的方式顯得可笑而且愚蠢。

但他忍不住要提出一個問題。如果這些可憐人因故留在這裡，像逗留在外的孩子，成為一座永無寧日可期待的星球上的子民。假使這些人的人生就在抽搐的痙攣中度過，並且於不顧一切的謀殺中結束；當他們任死者曝屍野外，說不定還將之啃得一乾二淨——這些在原始時代的駭人童話中已出現過——，他們總要對未來有個想像。夢想著神靈出現，類似心靈的一株幼芽出現。否則，這整個美麗的世界便只是一個謬誤，沒有意義。

「請原諒，國王，」少年的聲音很討好，「請原諒，在我離開這個奇怪的國家之前，還想問你一個問題。」

「問吧！」國王請他問，這可是他給這個陌生人的特殊待遇；因為他覺得他在許多方面都像個優雅、成熟，一望即知很大器的人，同時又像個別人必須保護他的孩子，所以對他不必太嚴厲。

「陌生的國王呀，」報信人這會兒開口了，「你讓我好難過。瞧，我從另一個國家來，寺院屋頂上的那隻大鳥說對了：你們這裡的悲傷嘆息沒完沒了，比我能想到的多得多。你們的國家有如一場恐懼的夢，我不知道，你們是否由神靈或者魔鬼治理？瞧，國王，我的國家有一則傳說，以前我認為那只是童話世界，一縷輕煙而已，那是一則我們以前對這類事情，例如戰爭、謀殺以及絕望，也曾略知一二的傳說。在我們的語言中，早就沒有這些令人不寒而慄的字句了，雖然我們古老的童話書聽起來讓人心驚膽戰，也有點兒可笑。今天我學到了，這一切都是真的，我看到了只有原始時代可怕傳說中才能見到的景象，也看到都是你與你的子民幹下的，而且你們深受其苦。請告訴我，你們的心靈中難道沒有預感，你們的所作所為是錯的？你們難道不曾渴望過開明開朗的神靈，深明大義且愉悅的領導人及舵手？你們在睡夢中從不曾夢想過另外一個更美好的人生，沒有做大家不喜歡的事情，理性與紀律優於一切，人與人相遇時總是愉快、憐惜寬容的地方嗎？你們都沒想過，這個世界應是一個整體，應該充滿幸福快樂，有益健康，意識到整體並崇拜它，再用愛來服侍它嗎？你們真的毫不知悉，我們那兒稱之為音樂，禮拜以及極樂境界的東西嗎？」

聽這些話時國王的頭低垂了下去，此刻他抬起頭來，他的臉上有了變化，一抹微笑閃著微光，雖然他的眼中蓄滿淚水。

「英俊的男孩，」國王說，「我不確知你是小孩或智者，是神靈也說不定。我可以答覆你，你說的那些我們全都知曉並且深藏於心，我們對幸福、自由以及神靈皆有預感，我們有一則原始時代一位智者留下的傳說，他聽說統一的世界是空中的一種和諧協調。這樣說你滿意嗎？瞧，也許你是彼岸來的亡靈，但即使你就是上帝本尊，存在於你心上的，如快樂、權力與意志，其實也存在於我國人的心中，但只是作為一種預感、反射以及隱約的徵兆。」

他突然站起來，有那麼一剎那，國王的臉上展露一抹灑脫、雲開霧散的微笑，好似破曉時分，讓站著的少年好生訝異。

「快走吧，」他對報信人說，「去吧，讓我們發動戰爭、殺人！你把我的心變柔軟了，你讓我想起我的母親。夠了，夠了，親愛的英俊男孩。走吧，在新的戰役開打之前，快逃！血流成河，城市燒起來之時，我會想你；我會想到這個世界是一個整體，我們的愚蠢、怒火以及野性都不足以使我們與其分離。再見，代我向你的星球致意，幫我問候那位神靈，有野鳥啄食一顆心的標誌的神靈！我認得那顆心，也知道那隻鳥。記住，我來自遠方的帥氣朋友：當你想起你的朋友，想到作戰中的那位可憐的國王時，不要想到他坐在臥鋪上，被悲傷擊垮的樣子，最好想著他兩眼含淚，雙手染血微笑的模樣。」

國王沒有叫醒僕人，親手撩起帳篷的簾子，放陌生人走出去。少年懷著新的想法回到平地，在晚霞中看見天際一座大城市燃起熊熊大火，踏過死者與四分五裂的馬屍離去，直到天全黑，抵達森林山區的邊緣為止。

那隻大鳥也已經從雲端飛了下來，把他放在翅膀上，連夜飛回去，無聲無息又柔軟得像貓頭鷹飛翔。

少年從很不安祥的睡夢中醒來之際，發覺自己躺在山間那座小小的寺院裡，他的馬站在寺院前濕潤的青草地上，嘶鳴著迎接白晝。他再也沒有聽到那隻大鳥，關於他到另一個星球的旅程，那位國王以及會戰的任何消息，那只是留在他心靈上的一個陰影，一個隱藏起來的細微痛楚，猶如一小根尖刺，好似徬徨無助的同情心令人痛苦；那也是一個在夢中折磨我們，小而未實現的願望，直到我們好不容易與那個偷偷盼著的人邂逅，對他示愛，分享其喜悅，看見他微笑。

報信人上馬，騎了一整天，來到他的國王所在的首都，一切都顯示他確實是報信人，國王以仁慈的問候來歡迎他，觸碰他的額頭並對他說：「你的眼睛對著我的心說話，我的心應允了。你的請求在我聽到之前就已實現。」

報信人立刻得到國王開立的一張特許狀，全國的所有花朵，只要他需要，皆供他使用，伴隨者與遞送員一同前往，馬匹與車輛也與他會合，當他幾天之後繞過山區，走在平坦的省道上，抵達他的省份，回到他的鄉鎮時，他帶著大批的車輛、手推車和籃子，馬與騾子，上面裝滿了從北方很多的花園和暖房摘來的美麗鮮花，現在他們有足夠的花來為死者戴上花環，大方地裝飾他們的墳塋，也包括根據風俗，要為每位死者種一棵灌木和一株果樹苗作為紀念。在他裝飾好並安葬他們，又在墳上放兩朵花，種植兩棵灌木及兩棵果樹之後，失去朋友和愛駒的痛楚便消失了，沉落在安靜明朗的紀念儀式之中。

他好好地安頓他的心，完成他應盡的義務之後，那天夜裡，有關那次旅程的回憶開始在他的心頭湧動，於是他拜託他的兄弟讓他獨處一日，然後在思想樹下坐了一天一夜，攤開記憶中在陌生星球上見到的事物。一天他去找耆老，要求與他進行一次不公開的對談，然後把所有一切都說給他聽。

耆老仔細聽，若有所思坐著，然後問他：「我的朋友，這些你真的親眼所見，或者只是一場夢？」

「我不知道，」少年說，「我但願這是一場夢，然而，請容許我說，我看不出有何不同，這件事應該是我在真實情況下知覺到的。那憂傷的陰影留在我心上，那個星球上有一陣寒涼的風吹向處於人生幸福時刻的我，因此我來問你，我敬仰的人，我應該怎麼辦？」

「明天你再去那山區一次，」耆老說，「爬到那個你發現寺院的地方。那位神靈的標誌實在奇特，我從來沒聽過有這樣的標誌，祂的確有可能是一位來自另一個星球的神靈。不然就是那座寺院和神靈都非常古老，源於我們最遠古的祖先，起源於久遠的時代，那時的人仍有武器，害怕以及畏懼死亡。親愛的，明天你就去那座寺院，獻上鮮花、蜂蜜以及歌曲。」

少年謝過並聽從耆老的建議。他拿了一罐上好的蜂蜜，與初夏時節第一場蜜蜂慶典[1]先為貴賓送上的品質一樣，又帶上琉特琴。他在山裡找到了他摘下風鈴草的那個地方，還有那條陡峭的岩石小徑，通往森林的高處，也就是他曾短暫下馬步行的坡道。寺院的位置以及寺院本身，黑色的獻祭石和木頭柱子，屋頂和屋頂上的那隻大鳥，他一概找不到，今天找不著，隔天仍無斬獲，沒有人能依照他所描述的，指出那座寺院的方位。

於是他回到家鄉，因為他剛好經過名為親切思維的寺院，就走了進去，獻上蜂蜜，彈琉特琴唱了一首歌，向親切思維神靈敘述他的夢，那座寺院和那隻鳥，那位可憐的農夫以及戰場上那些死人，介紹最多的是那位國王及其帳營。然後他心情為之放鬆，在睡房裡掛起一幅世界統一的圖像，沉沉地深睡，為這些天來的辛勞休養生息。第二天一早，他加入鄰居工作的行列，一邊唱歌，一邊努力清除地震留下的最後痕跡。（一九一五）

1 養蜂人的活動。

9 法爾度

年度市集

通往法爾度這座城市的道路橫跨丘陵起伏的土地，一會兒經過森林或綠意盎然遼闊的草場，一會兒經過玉米田，愈接近城市，路上的農莊、牛奶場、花園以及鄉村別墅就愈多。海洋在很遠很遠的地方，肉眼看不到，世界彷彿僅僅由小山丘、小而美的山谷、草場、森林、耕地以及長滿水果的草地形成，此外無他。這塊土地上，水果和木頭，牛奶與肉，蘋果及榛子應有盡有，村落都美觀整潔，人們循規蹈矩，無人願意冒險或興風作浪，如果鄰居過得並不比自己好，那就皆大歡喜。只要沒有什麼特殊事件，法爾度這個國家就和世上大部分國家相似。

這天清晨，公雞第一次啼叫之後，這條通往法爾度市（與國名相同）的美麗道路就熱鬧非凡，車流不斷，一年僅此一次，因為今天在城裡要舉行一場很大的市集，方圓四十英里內，無論農夫、農婦、師傅、小伙子、學徒工、雇農、女僕、男孩、女孩，沒有哪一個不是從幾星期以前就開始想著這場大市集，夢想著來逛一逛。不是每個人都去得了，還是有人得照顧牲口與幼兒，病人及老人。運氣不好的人得守在家中，看管房子和庭園，抽中這個籤的人彷彿像是一整年都一事無成。一大早就艷陽高照，夏末蔚藍的天空，暖洋洋又充滿歡樂氣息，讓留守的人惋惜不已。

婦女和女僕挽著小籃子，年輕人臉頰刮得光潔，每個人都在釦眼插一朵丁香或紫菀，人人都把星期天穿的好衣服穿上，女學生的辮子綁得特別用心，陽光下的髮辮因為抹了水和油而亮晶晶。駕馬車的人在馬鞭把手上別上一朵花或繫一條紅色細帶。有些人喜歡幫他的駿馬套一件及膝的寬大衣裳，上頭掛著燦亮的黃銅片做裝飾。幾輛兩側有欄杆的馬車駛過來，用彎而圓的山毛櫸枝椏製作成頂棚，棚下挨蹭著坐滿了人，籃子或小孩放在腿上，大多數人在高聲合唱，時不時有一輛特別用旗子以及紅藍白色的紙花，再襯上綠色的山毛櫸樹葉的車子，高奏著鄉村音樂呼嘯而過，人們從半明半暗的枝椏間瞧見金色的法國號與喇叭燦燦發亮，好看極了。太陽升起後就開始徒步趕路的小孩們，此刻哭了起來，滿身大汗的媽媽忙著安慰他們，有些孩子則登上好心駕車人騰出的座位。一位老婦人推著一對雙胞胎坐的嬰兒車，兩小娃兒都睡了，枕頭上另有兩個布娃娃，腮幫子和他倆的一樣圓又紅，也穿著亮麗的衣服，而且閃閃發光。

住在這條路上、今天市集結束後無須趕路的人，度過了一個輕鬆愉快的早晨，睜大眼睛等著看熱鬧。但可看的並不多，一個十歲的男孩坐在一座花園的台階上哭泣，因為他得和奶奶留在家裡。當他坐得夠久也哭夠了時，剛好看見幾位村裡的男孩快步走過，於是他大踏步走上街，加入了他們的行列。距離這兒不遠的地方住著一個有點兒年紀的單身漢，他因為心疼錢而不想知道任何與年度市集有關的事情。他打算在大家只顧著吃喝玩樂的今天，靜靜地一個人修剪他花園裡高高的山楂屬灌木叢。非剪不可了，他也這麼認為，清晨的露珠正要消失，他就拿起那把大大的荊棘剪子，開心地幹起活兒來。一小時候他卻停了下來，惱怒地踱步回家，因為沒有哪個小伙子走過或駕車經過時不驚詫地看他修剪灌木叢，並且拿他不合時宜的勤奮大作文章，讓女孩們聽了開懷大笑；當他發火並用長長的剪子作勢威脅時，所有人都揮舞著帽子再笑著對他揮手。現在他坐在關了門的店面後頭，忌妒地透過門縫往外看。後來他氣消了，看到最後一批稀稀落落的市集訪客匆忙趕路，好似快樂無比，於是他穿上靴子，放一枚銀幣在兜裡，拿起手杖正打算走。他忽然想到，一枚銀幣是很多錢耶；取出它，另外放半枚銀幣到皮包內，然後繫緊皮繩。接下來他把皮包放進袋子裡，鎖上門和花園，走得很急很快，到達城裡時，他甚至超過了幾位徒步者，甚至超越了前面的兩輛車。

他走了，房子和花園空蕩蕩，灰塵越過馬路悄然落下，馬兒疾步和銅管樂的聲音漸歇漸消散，剛在收割過的田地揀食剩餘穀粒的麻雀飛過，沐浴在白色的灰塵中，看看這陣喧騰之後還留下什麼。街上空無一人，死氣沉沉又炎熱，只有偶爾從很遠的地方傳來一聲微弱模糊的歡呼，以及類似號角的樂音。

一個男人從森林裡走出來，寬寬的帽沿蓋過眼睛，一派悠閒走在幾無人煙的省道上。他個子很高，步伐穩健，是那種經常徒步旅行的健行者該有的步伐。他穿了一件不起眼的灰色衣服，帽沿下的眼睛謹慎鎮靜地望向前方，那是一雙一個對這世界別無所求，但專注地觀察每一樣東西，什麼也不忽略的人的眼睛。他眼觀八方，看見駛過的數不清的凌亂車轍痕跡，一匹駿馬的蹄印，左後腿的馬蹄有些磨損，看見煙霧迷漫的遠方，法爾度城內小而閃爍的屋頂自山丘上突起，看見一座花園裡有位嬌小的婦人驚慌失措亂竄，聽見她呼喊某人，但那個人沒有回應。他看見路邊有金屬微微發光，彎腰拾起一塊燦亮的圓形黃銅片，從馬頸上掉落的，他把銅片放進口袋，然後看見街邊有一叢老山楂屬灌木，前面幾公尺剛修剪過，看得出來一開始的工作仔細又整齊，而且剪的人心情愉快，再往前半步就變了；不是剪得太多，就是沒剪掉的枝椏鑽出來，像鬃毛似的扎人。這個陌生人接著又在街上找到一個娃娃，猜想車輪曾經輾過它的頭，瞧見一塊黑麥麵包，上頭的奶油雖已融化，但油漬仍然泛著光；最後他發現一個牢固的皮製錢包，裡面有半枚銀幣。他讓娃娃靠在馬路緣的側石[1]上，把麵包剁成細屑餵麻雀，有半枚銀幣的錢包則放進口袋裡。

這條荒涼的街上有一種說不出來的安靜，兩邊的草長得很茂密，布滿灰塵而且曬得枯黃。幾隻雞在一旁的莊園裡跑來跑去，四下無一人，牠們時斷時續咯咯叫，在暖和的陽光下恍恍惚惚。一座淺藍色的甘藍菜園裡，有一位老婦彎著身子從乾旱的土裡拔出雜草。健行者喊了她一聲，問她到城裡還有多遠？但她耳朵背，他提高嗓門重說一遍，她只是茫然地望過來，搖了搖滿頭白髮。

繼續走的當兒，他有時聽見有音樂從城裡傳出來，一陣轟隆之後走調，愈來愈頻繁，持續得也較久，最後有好似遠方瀑布嘩啦啦流下的聲音，音樂與一團亂的聲音，彷彿對面有一大群人歡聚在一起。現在有一條溪與街道並行，溪水寬而安靜，水面上有鴨子划水，藍藍的水下有褐色的海草。從這裡開始街道是上坡，小溪轉了個彎，一座石橋可以通往對岸。低矮的橋座上坐著一位瘦削、模樣像裁縫的人，他低頭睡著了；帽子掉落塵土，旁邊坐著一條滑稽的狗保護他。陌生人想叫醒睡著的人，主要是擔心他睡著睡著從橋座跌下去。但他先往下瞧一瞧，發覺高度有限，而且水很淺；於是他讓裁縫繼續坐著睡。

走過一小段陡坡之後，來到了法爾度城的入口，城門大開，連個人影也沒有。男人走進去，他的步伐在鋪了石板的巷子裡突然發出偌大的聲響，巷子的兩側停了空著、卸下套具的馬車及四輪單駕輕便馬車。別的巷子傳出噪音和模糊的喧嘩，這裡卻沒看見人，這條小巷光線不充足，只有上方的窗戶映照出金色的日光。健行者在這裡休息了一下，坐在一輛馬車的車轅上。當他繼續趕路時，他把那個在別處撿到的黃銅片放在駕車人坐的板凳上。

一條巷子還沒走到底，四周就響起了年度市集上的喧騰；上百個攤子的商人大聲叫賣著貨物，小孩吹起鍍銀的喇叭，肉舖師傅從一口沸騰的大鍋子裡撈出一長串新鮮、滴水的香腸；一位江湖術士站在高高的看台上，透過一

1 古老時代拴馬、河岸繫船用的石樁。

副厚厚的玳瑁眼鏡仔細觀看，掛起一塊寫了所有人類病症與殘疾的牌子。一個留著黑色長髮的男人，打郎中的攤子走過，身後有他用粗繩牽著的一頭駱駝，駱駝傲然地從長長的頸子往下俯視人群，咧開的嘴唇偶爾咀嚼一下。

這個從森林走出來的男人看什麼都很專心，無視雜沓的人潮又推又撞，在連環圖畫攤子這裡瞧瞧，那兒讀一下印在灑了糖霜的薑餅上的箴言詩與格言，但他絕不多逗留，看似尚未找到他要找的東西。他慢慢地往前晃，來到偌大的廣場上一個賣鳥商販擺攤的角落。他聆聽了好一會兒不同的小籠子裡傳出來的聲音，回應牠們的鳴叫，並且對牠們吹口哨，有紅雀、鵪鶉、金絲雀以及篙雀。

他忽然覺得周遭好亮、好耀眼，好像陽光全都擠到這唯一的一個點上，他走近些，原來是市集裡一個攤子上掛著的一面大鏡子，旁邊又掛著其他鏡子，十面、百面，許許多多，大的小的，四方形、圓形和橢圓形，掛的、立的，拿在手上的以及放在提包裡小巧的鏡子，可以隨身攜帶，才不會忘記整理儀容。站著的小販高舉一面晶燦的鏡子對著太陽，反光一閃一閃的在他的攤子上跳舞；他不知疲累地喊著：「鏡子，女士們、先生們，這裡買鏡子喔！法爾度最好的鏡子，最便宜的鏡子！鏡子，女士們，上好的鏡子！您只管照一照，貨真價實，最好的水晶做的！」

陌生人停在這個賣鏡子的攤子前，看似找到了他要找的東西。來看鏡子的人潮之中，有三個本地的年輕女孩；他站到她們旁邊瞧著她們。三個都是活發健康的農家女，不算美麗但也不難看，穿著鞋底堅固的鞋和白色長襪，綁著金色、被太陽光曬淺的辮子，一雙雙勤懇的青春眼眸。三人手上都各有一面鏡子，都不是大而貴的，她們猶豫著是否要買？好久了還拿不定主意，失魂、茫茫然直視光潔的鏡面，瞧著自己的模樣，嘴巴與眼睛，脖子上戴著的小飾物，鼻尖上的幾顆雀斑，光滑的頭髮，粉紅色的耳朵。她們變得安靜又嚴肅；站在她們後面的陌生人睜大眼睛，幾乎滿心歡喜地從三面玻璃片覷著她們的形影。

「啊，」他聽見第一個女孩說，「我希望我有金紅色的頭髮，好長好長，一直到膝蓋！」

第二個女孩聽到女友的願望時輕嘆了一聲，益發密切地盯著鏡中的自己，然後臉紅通通地承認自己的朝思暮想，羞怯地說：「我呢，如果可以許願的話，我希望能有一雙無與倫比美麗的玉手，白皙粉嫩，手指細長，還要指甲紅潤。」說時她看著自己拿橢圓形鏡子的手。那隻手並不難看，但稍微短了些，也寬了點兒，因為幹活兒變粗變硬了。

第三個年紀最小，也是三人中最興奮的女孩，她笑了起來，打趣地說：「這個願望不賴嘛，但妳知道手起不了大作用，我最想要的，是從今天起成為法爾度全國最好、最靈活的舞者。」

女孩突然嚇了一跳，轉過頭去，因為鏡子裡她的臉後面還有一對她沒見過的又黑又亮的眼睛看過來。那是陌生男子的臉，站在她後面，而她們三個根本沒注意到他。她們驚訝地盯著他，他點頭致意並且說：「妳們三個人許下了三個美麗的願望，女孩們。妳們真的希望如此嗎？」

小女孩把鏡子放回去，手藏到背後，正想以個小驚嚇回敬這個男人，思索著犀利的話語；但她從他臉上看出他眼中的堅毅，於是彆扭了起來。「我許什麼願，關您什麼事哩？」只說這一句，她臉就紅了。

另外那個希望擁有一雙細緻的手的女孩，認為可以信任這位魁梧的男人，他既像父親又很值得尊敬。她說：「沒錯，我們確實這麼想的，有誰能許下更美好的願望嗎？」

賣鏡子的小販晃了過來，其他人也在聽他們說話。陌生人把帽沿拉高，露出高而開闊的額頭及一雙迫切的眼睛。他和氣地向三位女孩點點頭，微笑說道：「瞧，妳們許下的願望已經實現嘍！」

女孩們妳看我、我看妳，然後各自去照鏡子，三人又驚又喜，臉色發白。一人有了一頭濃密的金色捲髮，長到膝蓋。第二位用她白皙纖細的公主玉手拿著鏡子，第三位則突然穿上紅色的皮製舞鞋，腳踝纖細得像一頭麋鹿。她們完全搞不清楚發生了什麼事情：擁有一雙高貴玉手的那位喜極而泣，靠在友人的肩上，把歡欣的眼淚灑在她長長的金髮上。

現在，大家都在談發生在這個攤子邊上的奇蹟，大聲嚷嚷，一個也在一旁觀看的做手工藝的小伙子，張大眼睛站在那兒，像石頭般呆視著陌生人。

「你要不要也許個願望呢？」陌生人突如其來問他。小伙子大吃一驚，不知所措，無助地四下逡巡，想找出能許願的東西。他看見攤子前面有位豬肉師傅以及掛起來的好大一串又厚又紅的熟香腸，他結結巴巴地指著它說：「我想要這樣一串熟香腸。」瞧，他脖子上不正掛著一串？所有看見這一幕的人爆出笑聲，大叫起來，人人試著擠到前面來，也想要許一個願望。他們都獲得了允許，隊伍中的下一位比較大膽，希望得到一件從頭到尾都用新料子做的節慶服裝；才說出口，身上就裹著一件精美新穎的衣裳，連市長穿的都不如他。接著來了一位鄉下婦人，她鼓起勇氣隨口要求十枚銀幣，銀幣馬上就在她口袋裡叮叮噹噹。

大家都瞧見了，奇蹟真的發生了，顧客們立刻從市集廣場以及城裡蜂擁而至，圍繞著賣鏡子商人的攤子，形成奇大無比的陣仗。許多人說說笑笑，有人啥也不信，滿口猜疑，但也有不少人發起願望高燒，雙眼發紅、臉頰發燙跑過來，因為貪心與憂慮而面容扭曲，因為人人唯恐自己汲水之前，泉水就乾涸了。男孩們希望獲得蛋糕、弓弩、狗、滿滿一袋榛子，書和九柱遊戲；女孩們帶著新衣裳、絲帶、手套以及陽傘開心地離去。一個十歲的男孩丟下奶奶跑過來，因為一大堆好東西以及華麗的年度市集而情緒激昂，他希望有嘹亮的嗓音，一匹活生生的小馬，一定要黑色的唷；說時遲，那時快，一匹黑色小駒在他後面嘶鳴，頭親暱地摩娑他的肩膀。

被魔術迷得神魂顛倒的群眾中，有一個手持散步用的手杖、年紀稍長的單身漢努力往前走，顫巍巍地擠到前面來，因為激動差點兒說不出話來。

「我希望，」他結結巴巴地說，「我希——望兩百……」

陌生人仔細打量他，從口袋裡拿出一個皮製的錢包，拿到這位興奮過頭的矮小男人面前。「等等！」他說，「你們有誰掉了這個錢包？錢包裡有半枚銀幣。」

「我，是我掉的，」單身漢大叫，「錢包是我的。」

「您想要拿回去嗎？」

「當然，當然，還給我！」

他拿到了他的錢包，卻因此錯過了他許的願望，當他會意過來時，他怒氣沖沖舉起他的手杖向陌生人，但沒打著他，只把一面鏡子打了下來；碎裂的聲音尚未完全歇止，小販已經站在他面前索賠了，單身漢只好付錢。

此時有一位肥胖的有屋階級走了出來，許了一個與資本有關的願望：在他的房子上蓋一個新的屋頂。嶄新的磚頭和石灰刷白的煙囪旋即在他的巷子裡閃閃發光。大家再次騷動了起來，人人的願望檔次都提升了，不多時就瞧見有一個不知羞的男的，非常低調地希望得到一棟位於市集廣場的四層樓房，一刻鐘之後他已經躺在自己的窗戶緣飾邊，從那兒向年度市集這裡望過來。

其實現在已經沒有什麼年度市集了，城裡所有的人都像河流的源頭似的，只流向賣鏡子的攤位，陌生人站立、人人可許願的地方。因為驚奇而發出的喊叫，忌妒或者嘲笑，尾隨著願望一起出現。一個餓肚子的小男孩除了裝滿帽子的李子之外，別無其他願望，有一位比較不那麼謙虛的人，用銀幣把他的帽子填滿。接下來一位肥嘟嘟的雜貨店老闆娘甚至贏得歡呼與掌聲，因為她希望能擺脫一個沉重的贅疣。從這裡可以看出怒氣與猜忌的能耐，這位老闆娘的丈夫與她向來不睦，才剛和她吵了一架；於是他克制住想致富的願望，以此交換那個消失的贅疣重新長回去。但這只是一個特例而已，許多殘疾人士和病人被帶了過來，當癱瘓者開始跳舞，盲者滿溢快樂的眼睛迎向日光之時，這群人重新神魂顛倒了起來。

年輕人到處跑來跑去，傳播這個美妙的奇蹟。有人講起一位忠心的老廚娘，說她正站在爐灶前為主人家煎一隻鵝，歡呼聲當然也從窗戶傳進了她的耳朵。她無法抗拒誘惑，跑到市集廣場，好快快許下富足幸福人生的願望；她在人群中愈是往前推擠，她的良心就愈顯得不安，當她終於排上隊並且獲准許願時，卻又統統不要了，一心只願在她回家之前，那隻鵝千萬別燒焦了。

騷動持續著，保母們跌跌撞撞衝出房子，拖著她們照顧的小孩的手臂，臥病在床的人換上襯衫，很吃力地在巷子裡奔跑。一位從鄉下徒步來逛市集的嬌小女人到達時搞不清楚狀況，以為走錯地方而非常失望，當她聽說了許願的事情，就抽抽噎噎地哀求，希望能找到她走丟的孫子，孫子必須毫髮無傷。瞧，正在騎那匹黑色小駒的男孩馬上就來了，笑著投入她的懷抱。

最後全城的人都來了，如癡如醉。願望一一實現的情侶們手牽手漫步，窮人家乘坐四輪單駕馬車而來，還穿著今天早上換上的補釘衣服。許多這會兒為自己剛才許下了不明智願望懊悔不已的人，不是含悲離去，就是在市集的老噴泉邊，噴泉因為某個愛開玩笑的人許下的願望而滿溢著上好的葡萄酒，他們藉酩酊大醉忘掉許錯願望這件事。

到最後法爾度城裡僅僅只有兩個對這樁奇蹟一無所知，因此不曾許下任何願望的人。城外一間老宅子裡，有兩位少年窩在窗戶緊閉的高高的閣樓上，其中一人站在房間中央，小提琴夾在下巴，渾然忘我地拉奏著；另外一個坐在角落，兩手托腮，全心全意聆聽。向晚的太陽穿過小小的窗戶斜照進來，桌上的一束花因此深深映紅，再從牆上折射到破爛不堪的地毯上。房間裡的光線好溫暖，充盈著小提琴灼熱的聲音，彷若一間寶石發光的祕密寶庫。提琴手拉琴時身子搖來晃去，閉上了眼睛；聆聽者靜靜地坐在地上，忘我地凝視前方，一動也不動。

巷子裡傳來腳步聲，大門被撞開，笨重的步伐咚咚咚踩在樓梯上，來到了閣樓。是這家的主人，他用力推開門，又笑又叫嚷地走進房間，提琴聲戛然而止，那位沉默的聽眾猛然跳了起來，老大不開心。受到打攪的小提琴手同樣一臉迷糊，而且很生氣，譴責的目光投向那張笑吟吟的臉。但那人沒理會這些意有所指，像喝醉酒的人揮動手臂，大喊：「你們兩個傻瓜，還坐在這裡拉提琴，外面的世界全變啦。醒過來，快跑，別到得太晚；市集廣場有一個男人，能讓每一個人許的一個願望統統實現。這樣你們就再也不必住在閣樓上了，常常欠繳低廉的房租。起來，向前走，現在還來得及！今天我也變成了一個有錢人呢。」

小提琴手驚異地聽他說，因為那男人不讓他安靜，他放下琴，戴上帽子；他的朋友默默地跟在後頭。才踏出家門，就看見半座城的人有了怪異的改變，像作夢似的蹣跚地走過家家戶戶，昨天灰撲撲、兩肩下垂、眉眼低低的人們，現在卻趾高氣昂，盛裝打扮。他倆原本認識的乞丐，此時駕著四乘馬車，或者從華屋的窗子左顧右盼，好不神氣。一個瘦長的男人，從外表看大概是裁縫，一條嬌小的狗兒追著他跑，他汗流浹背疲累的拖著一個又大又重的袋子，一塊一塊金子從袋子上的小洞掉到鋪石路面上。

兩位少年的腳不由自主走到了市集廣場，在賣鏡子的攤子前停下。那位站立的陌生男人對他們說：「你們不必急著許願，我正想走了呢，說吧，你們想要什麼，別勉強自己。」

小提琴手搖搖頭，說：「噯，讓我安靜就好！我什麼也不需要。」「不需要？想清楚喔！」陌生人大聲說道，「你儘管說你想得到的東西。」

小提琴手閉上眼睛思索了片刻，然後輕聲說：「我想要一把小提琴，能讓我拉出優美的樂章，全世界的噪音再也吵不到我的小提琴。」

瞧，他手上有一把美麗的小提琴和一把弓，他拿起琴開始拉：甜美宏大如同天堂之歌。聽到這樂音的人都停下腳步，側耳傾聽，眼神變得莊重。小提琴手愈來愈真摯投入，拉得愈來愈高明奧妙，他被一股看不見的力量往上拉抬，消失在空氣中，他的樂音仍從遙遠的地方傳來，如晚霞般的微光朝這裡照過來。

「你呢？你想要得到什麼？」男人問另一位少年。

「這會兒您連我的提琴手也搶走了！」少年說。「我這輩子就只想聆聽和注視，最好心裡只想著不會消逝的事物。所以，我許願，我想當一座山，和法爾度這個國家一樣大也一樣高，我的頂峰要穿過雲霄。」

於是，他腳下的土地開始轟隆作響，並且開始搖晃，發出清脆的匡啷匡啷，鏡子一面接著一面摔碎在鋪石路面上，市集廣場搖搖擺擺往上升，像一塊布似的提起，一隻熟睡的貓在這塊布底下醒了過來，背部隆起騰躍。一種無以名狀的恐懼席捲全民，幾千人尖叫著逃出城，跑向原野。留在市集廣場上的人看見城市後方升起了一座高大的山，高聳入天邊的晚雲。他們又看見山下那條靜靜的小溪變成了奔騰的白色，從山上長驅直下，形成許多瀑布，蹦蹦跳跳進入山谷。才一眨眼工夫，整個法爾度國就變成了一座宏偉的山，法爾度城位於山腳下，遠遠的山凹是海洋。沒有人遭殃或波及他人。

站在賣鏡子的攤子旁，把一切看在眼裡的老男人對他的鄰居說：「這世界瘋了；我慶幸自己沒多久可活了，就是那位小提琴手讓我難過，我倒真想聽他演奏一次。」

「對呀，」其他人說。「咦，那個陌生人到哪兒去啦？」

大家面面相覷，他不見了。當他們仰望那座新的山時，看見陌生人正往高處爬，身上的大衣迎風招展，看著他瞬間變得碩大無朋，正面朝向夜空，消失在山崖的一個角落。

山

一切都會消逝，所有新的都會變舊、變老。年度市集已是許久以前的事了，彼時許願成為富人的人中，有些沒多久又變窮了。希望有一頭金色長髮的女孩早就有了丈夫和孩子，全家人每年夏末都會到城裡逛年度市集。許願擁有靈活的跳舞身手的女孩成了城內的大師，始終跳得很出色，比某些年輕舞者跳得還要好，她的丈夫希望得到很多錢，這兩個活力充沛的人大概在生前就花光了那一大筆錢。第三個女孩，想要一雙柔荑的那位，所有人當中就屬她最常想起那個鏡子攤前的陌生男人。她沒有結婚，並未致富，但一直有一雙好看的玉手，而且為了保護手而不再從事農務，有需要時，她便照顧村子裡的孩童，講童話和故事給他們聽，所有小孩都因為她才知道那個關於年度市集的稀罕故事，窮人如何變有錢，法爾度國又如何變成了一座山之類。每當她講起這則故事，微笑地凝視她纖細的公主柔荑，心中深受感動，充滿憐愛。她讓人們以為，當年在鏡子攤前，別人抽中的幸運籤都不如她的好。人們嘆道：這個人哪，貧窮、終生未嫁，只好講精采的故事給別人家的小孩聽。

當初年輕的人如今已然老去，當初年老的人現已逝去。不變也不老的，唯有那座山，當頂峰上的雪穿過雲層閃耀，它彷彿展露微笑，一副很高興自己不再是人，不需要根據人類時間來計算年齡的樣子。山崖在城市以及土地的上方發著光，它巨大的影子每天都漫遊過這個國家，它的溪流與急湍鄭重地向下方宣告一年四季之來去，這座山是大家的寶庫和父親。森林長在它上頭，草地上風吹過青草和花朵；它是泉水的發源地，雪和冰及石頭，石頭上滋長著彩色的苔蘚，溪邊種著勿忘我。它的內部有洞穴，銀絲線般的水年復一年涓涓滴下，從岩石滴到岩石，如同不變的音樂；它是藏在深淵裡的祕密房間，以千年的耐性培養出水晶。從未有人來過頂峰，但有些人卻說，最上頭有一座小小的湖泊，只有太陽、月亮、雲和星星倒映在湖水中，此外無它。無論人或動物都沒見過這座山面對天空的那一面，連老鷹也飛不了那麼高。

法爾度國的人快樂的住在城市及許多山谷裡；為小孩受洗，經營市場和手工業，幫忙抬棺至墓園。所有父親傳給孫子，一直傳襲下去的是對那座山的所知與夢想。寶藏因牧人和捕獵岩羚羊的人，在懸崖上刈草的人[2]、尋找花朵的人，高山牧場以及旅者而增加，詩人與作家又把它傳播出去；他們認得數不清的黑暗洞穴，隱密深淵中太陽照不到的瀑布，裂縫極深的冰川，他們學會辨識雪崩路線以及氣候地理，這個國度所面臨的溫暖和嚴寒，水與生長，天氣和風，皆由那座山而來。

以前的事情再也無人知曉，那場不可思議的年度市集當然留下了一則美好的傳說，每個法爾度人都獲准許下一個願望。至於這座山是在那一天形成的，已經沒有人願意相信了。這座山倒是無妨，從事情一開始就在那裡，而且會永遠屹立不搖。這座山是家鄉，這座山就是法爾度。關於那三個女孩以及那位小提琴手的故事，大家反而很愛聽，從以前到現在的某個地方，總會出現這樣的畫面：門扉緊掩，一位少年忘我地拉小提琴，一邊做著夢，忽然間消失在他最優美的一支曲子之中，和那位飛向天際的小提琴手一樣，向前飄。

這座山寸土不滅靜靜的過日子，每天遙望紅紅的太陽從海上升起，在山的頂峰繞上一圈，從東轉到西，每天晚上循著同樣的寧靜路線看星星。每到冬天，厚厚的雪和冰將它覆蓋，每一年雪崩挑選一條路線爆發，留下的殘雪旁有淺藍色眼睛的夏季花朵，藍的、黃的，花兒展顏；小溪潺潺，湖水變藍了，太陽下也變暖了。迷失的水流在看不見的山溝裡低吼奔騰，山巔最高處的那座小而圓的湖泊被冰封住了，終年等待，只為了盛夏短暫張開它的明眸；陽光照在湖水上的時候不多，只有短暫幾個白天，星星照耀水面的時刻

2 冒險在山崖割草儲備過冬之用的窮人。

也不長，僅有少數幾個夜晚。黑暗洞穴裡的水滴滴答答，永不休止地扣擊著石塊；千年水晶在隱密的峽谷裡忠實地長大，直至完美無瑕。

山腳下、比城市稍高的地方有一座山谷，一條兩側種滿赤楊與楊柳的寬闊清澈小溪流串它的門戶，年輕的情侶會到那兒去，和山以及樹木學習季節帶來的奇蹟。另一座山谷的男人持續練習馬術與武器，每年夏至，一個陡峭高聳的圓形岩峰上都會發生一場大火。

時光匆匆，愛情山谷和武器廣場受到這座山保護，提供酪農、伐木工人、獵人以及木材筏運人充裕的空間；山供給石頭蓋房子，供應冶煉的鐵。山沉著地看著，從不插手干預，譬如第一場夏季大火熊熊燃起，山看了一百遍，接著又看了一百遍。山看著下方城市無力的手臂向外延伸出去，然後超出了老城牆；山看見獵人忘了帶弓弩，用火器射擊。幾百年流逝之於它猶如季節更迭，一年好似一小時。

有一次，夏至大火一整年中都沒有在山的平頂上發出紅光，從此遂為人遺忘了，山並不憂慮。練習武器的山谷在漫長的時間裡變荒涼了，車前草和薊草以跑馬場為家，山也不擔心。長又長的幾百年時光中，一次山崩改變了山的形狀，滾落下來的岩石，把半座法爾度城變成廢墟時，山不曾阻止。山鮮少往下看，遭毀壞的城市倒塌後並未重建，山亦不曾察覺。

這些全都不入山的心和眼，但它開始為別的事操心，光陰如梭，瞧，這座山老了呢。當山看著太陽升起、移動然後又離開，景象與從前不大一樣了；當山看著星光映照在蒼白的冰川上，竟不再自覺與星子相同。太陽和星星現在對山而言不那麼重要了，重要者，是它自己和它的內在。因為山感覺到，它的岩石與洞穴下有陌生的手在往深處挖，如同堅硬的古老岩石變得容易碎裂，一片一片風化了，又像溪流與瀑布底部之侵蝕。冰川縮小了，湖泊變大了，森林變成石頭遍布的原野，草地變成了黑色的沼澤；更遠處呈尖銳薄片狀的地方，冰磧石和鵝卵石如光禿禿的紐帶，流淌至陸地，而下方的陸地發生了不可思議的變化，石頭出奇的多，有奇怪的燒灼狀，十分安靜。隨著時間，山愈來愈退縮，太陽和星星不同於它，這讓山感到高興。與山略同的，是風和雪，水與冰；與山相仿的，是貌似永恆卻緩慢消失、緩慢消逝的東西。

山更加密切地把溪流引進山谷，更謹慎地讓雪崩滾落，更溫柔地讓陽光照在花開的草地上。此外，進入高齡的山重新想起了人們。倒不是山認為人類與它相像，但山開始盼望著人們，它開始覺得孤獨，開始回想往事。那座城市儼然不存在了，愛情山谷裡不再有人唱歌，高山牧場上不再有茅舍。沒有人了，全都死了。周遭變得寂靜，委靡枯黃，位於空中的影子下。

當這座山感受到何謂消逝，它哆嗦了一下；感受到它的頂峰向一邊陷落並且往下傾覆時，山打了個寒顫；岩石碎片滾向它，然後滾過早就被石頭填滿的愛情山谷，直到向下滾入大海為止。

是的，時代不一樣了，它怎麼老是回憶人們，想著他們呢？夏至大火燒起來，年輕人成雙成對走在愛情山谷裡的時候不是很美嗎？哦，他們唱的歌多甜美、多溫暖啊！

年邁的山全然沉浸於回憶之中，鮮少察覺到又過去了幾百年，它的洞穴內到處在撞擊，發出低低的雷鳴聲，然後移動。每當山想起人們，便有一首源於過往世代的沉鬱和音，一種不被了解的感動與愛，一場幽暗漂浮的夢，使它倍覺痛苦，彷彿它一度也是人，或者與人相似，高歌過也聽過別人歌詠，關於往日的想法，似乎很久以前一度浮上它的心頭。

幾世紀過去了，下沉，四周被粗糙的礫漠所包圍，將死的山緬懷它的夢。那時節怎麼回事啊？不是有一種聲調，一根精細的銀線將山與消逝的世界繫在一起嗎？夜裡它費勁探挖腐朽的記憶，心神不定地摸索綻開的線，不斷俯身向過往的深淵。——很久以前的一個團體，一種愛，不也曾使它熱血沸騰嗎？寂寞、巨大的山，不也一度是同類中的一個嗎？——當初它也有過一位母親吧？

山左思右想，它的眼睛，那座藍色的湖，都變混濁吃力了，變成濕地與沼澤，長有青草的地帶和小型的花場上有石屑飄下。山沉思著，聽到很遠很遠的地方的聲響，感覺到聲音在飄浮，那是一首歌，一首人之歌，重新辨識出原來是強烈到發疼的渴念讓它顫抖。山傾聽那聲音，然後看見一個人，一位少年，全然籠罩在音調中，藉由風吹在和煦的天空中飄浮，上百個埋藏起來的回憶受到震動，開始緩緩飄落以及滾動。山看見一張有黑色眼睛的人臉，那雙眼睛眨呀眨問它：「你不想許個願望嗎？」

於是山許下一個願望，一個悄悄的願望，它這麼做之時，每一種曾經讓它痛苦的煩惱皆自身上脫落。那座山和那塊土地崩塌了，以前是法爾度的地方，無邊無際的海洋澎拜起伏，太陽和星星在海上換崗。（一九一五）

10 難走的路

我遲疑地站在峽谷入口，幽暗的峭壁口，轉身向後看。陽光灑在這個翠綠愜意的世界裡，草地上的褐色草花隨風擦亮。那邊很好，那邊有溫度與珍貴的舒適，心靈在那邊低聲哼唱，滿意得像濃郁芬芳和光亮中的一隻毛茸茸的野蜂。我扔下一切，想爬上山去，我大概是個傻瓜吧。

嚮導輕輕碰了碰我的手臂，我的目光迅速從熱愛的風景移開，就像猛然從微溫的沐浴中抽身似的。現在，我看到一片黑暗中的峽谷，一條黑色小溪從裂口爬出來，邊上有一束一束的草，地面上有沖刷下來的各種顏色的石塊，蒼白沒有生氣，猶似曾經活蹦亂跳的人類骨骼。

「我們休息一下吧，」我對嚮導說。

他耐心地微微一笑，於是我倆坐下。天氣涼爽，從峭壁口悄悄吹起一陣陰暗、挾帶風砂的冷氣流。

討厭、討厭，走這條路真討厭！讓這個不討喜的峭壁口折磨我，渡過冰涼的溪水，昏天暗地中沿著那狹窄險峻的深淵爬，可惡極了！

「這條路看起來很惡劣呀，」我支支吾吾地說。

我心裡閃動著一個熱切、難以置信、很不理性的希望，如一盞微弱將熄的燈，說不定我們可以折返，可以說服嚮導：我們省了這些力氣吧。對，有何不可？我們出發的地方難道不比山中美上一千倍？那兒的人難道不更富有、溫暖、更惹人愛憐？還有，我難道不是一個天真、生命有限的人，有權利要求一丁點兒快樂，譬如坐在有陽光的小角落，欣賞藍天與花朵？

不，我想要待在這裡，才沒興趣扮演英雄和受難者呢！如果我獲准留在山谷裡有太陽的地方，我將一輩子心滿意足。

我覺得冷。這裡絕非久留之處。

「你冷吧，」嚮導說，「我們走比較好。」

說著他站起來，好好地伸展一下四肢，然後微笑看著我。這抹微笑既無嘲弄，亦無同情，不嚴厲也不呵護；就只有理解與知識。這抹微笑在說：「我認識你，我知道你害怕，你感覺到它了，但我一點兒都沒忘記你昨天及前天說過的大話。每一次因膽怯、失去自信而兔脫，你的內心正在這麼盤算，每一個熱切投往對面可愛陽光的眼神；早在你說出來之前，這些我都懂，而且知之甚詳。」

嚮導就是用這種微笑注視我，踏出進入幽暗峭壁山谷的第一步，而我恨他也愛他，好似一個被判刑的人對於架在他脖子上的斧頭既恨又愛一樣。我尤其痛恨與蔑視的，是他擁有的知識、領導力以及冷靜，他沒有弱點。我痛恨我所擁有的一切：承認他正確，同意他的看法，想和他一樣，並且想要追隨他。

他又走了好多步，踩在石頭上渡過黑色小溪，打算把我留在第一個峭壁角落。

「停！」我大叫，怕得不得了，當下不禁想到：如果這裡是一場夢，我的驚恐即刻會把這個夢驅逐得四散紛飛，而我將醒過來。「停，」我大聲說，「我辦不到，我還沒準備好。」

嚮導停步，默默地看過來，無絲毫責備的意思，但其中包含了他都理解，他那令人難以忍受的知識、預感、之前就理解了。」

「我們乾脆折返吧？」他問，最後一個字他尚未說出口，我已憎惡的知曉我將回以「不要」，必須說不要。然而同時所有舊日因循的、習以為常的、愛、親密，全都不顧一切地召喚我：「答應呀，答應呀。」全世界及我的故鄉壓在我心頭，沉重得像綁在我腳上的鉛球。

我想說「好」，雖然我確知，我不能這樣做。

嚮導一隻手伸向山谷駁回了我，我再一次繞回那可愛的地方。現在我看到方才差點兒遇上的凶險：美麗的山谷與平地在慘白無力的陽光下一副無精打采狀，色彩虛假又刺眼，墨黑色的陰影髒兮兮，毫無魔力，能讓心跳停止的當屬刺激和氣味——一切聞起來、嘗起來都讓人想起好久以前拚命吃到作嘔的東西。啊，這我再熟悉也不過，我多畏懼且痛恨這位嚮導可憎的特質：他貶低我喜愛以及覺得舒適的東西之價值，讓箇中的元氣與靈魂溜走，抽換香氣，並且摻些許毒藥到顏色內！啊，我知道：昨日仍是酒，今日卻成了醋；醋卻永遠變不回酒了。永遠變不回去。

我無語悲傷地跟在嚮導後頭，他是對的，永遠都對。也罷，如果他留在我身邊，讓我看得見他，而非——頻繁發生過——瞬間改變主意，當下消失，留下孤獨的我——與我胸膛內他化身的陌生聲音獨處。

我無言，但內心熱切地呼喊：「留下來，我要跟哪！」小溪裡的石頭濕滑得可恨，難走極了，很容易讓人暈頭轉向，一腳一腳踏在小而濕的石頭上，鞋底下的石頭顯得更小，滑不溜鰍。小溪從這裡地勢上升，幽暗的峭壁聚攏得更密了些，它們老大不情願地鼓脹起來，每一個角落隱約藏有陰狠的企圖，要夾住我們，永遠斷了我們回去的路。隆起的黃色岩石上，孜孜不倦地流淌著黏稠的水，再也看不到天空，遑論白雲和藍天。

我走了又走，跟在嚮導後面，經常因害怕與厭惡而閉上眼睛。路上有一朵暗色的花，黑絲絨色，眼神含悲。花兒很美，親切地和我說話，但嚮導走得更快了，我覺得：假使我逗留一眨眼的工夫，倘使我再看一次那含悲的黑絲絨眼睛，這股抑鬱和無望的空虛就會變得無比沉重，變得難以忍受，我著魔的靈魂將隨之永遠羈留在這個幸災樂禍的地帶，一個了無意義與妄想的地帶。

我全身又濕又髒，繼續向前爬行；當朝濕的山壁在我們頭頂貼近夾擊，嚮導唱起那首撫慰人心的老歌。每走一步，他清澈的年少嗓音很合拍地唱出歌詞：「我想要，我想要，我想要！」我當然知道，他想鼓勵、刺激我，他想遮掩可憎的辛苦以及這場讓人絕望的地獄健行。我知道，他在等我加入與他合唱。但我不想合唱，我不樂見他如願。我還有心思唱歌嗎？我難道不是一個違背自己心意，硬被捲進一個連上帝都不能要求他做到的行動，可憐也單純的人嗎？每一朵丁香，每一朵勿忘我，就不能待在小溪邊它生長的地方開花並凋謝，一如它的本性嗎？

「我想要，我想要，我想要，」嚮導不停唱著。啊，若我能回頭就好了！但我早就在嚮導高明的協助之下爬上了山壁和懸崖，這上頭可沒有，沒有回頭路。我內心有想哭的衝動，但我不可以哭，絕對不可以。於是我加入嚮導的歌聲，倔強大聲地唱，節拍與音調皆一致，但我沒唱他的歌詞，而是一直唱：「我必須，我必須，我必須！」一邊爬一邊唱實在不容易，才一會兒我就上氣不接下氣，必須喘口氣，保持安靜。他倒是不嫌累繼續唱：「我想要，我想要，」後來更強迫我也要唱他的歌詞。現在攀登輕鬆了些，事實上，我不再是必須，而是希望往上爬，因此，再也不曾察覺到唱歌引起的疲憊了。

我的心情開朗許多，光滑的山崖隨著我轉為開朗的心情，一併退縮了，變得比較乾、比較友善，經常幫助滑行的腳，頭頂上的淺藍色天空愈來愈大片，好似一條兩側有石頭為岸的藍色小溪，不消片刻就變成了一座小湖，而且面積愈來愈大。

我嘗試希望更強壯、更真摯，藍天持續擴大，小徑愈來愈好走，我確實偶爾輕鬆地走上一整段，走在嚮導旁邊，一句怨言也沒有。我出乎預料看見上面的頂峰，陡峭非常，在通紅的日光中熠熠生輝。

我們爬行穿過頂峰下的一個裂口，陽光倏忽照耀，使我眼冒金星，當我再度張開眼睛，恐懼致使兩膝發抖，因為我看見自己站在陡峭的山稜上，沒有屏障，亦無支撐，四周是一望無際的蒼穹，令人害怕的藍色深谷，唯有那狹長的山巔細瘦得像在我們面前突起的一把梯子。但天空恢復了原貌，太陽又露臉了，於是我們攀登上最後一個讓人膽戰心驚的地方，步步為營，雙唇緊抿，眉頭發皺。站在上面，通紅的狹長型石塊上，置身嚴酷、稀薄得可笑的空氣中。

那是一座不尋常的山，一座古怪的頂峰！頂峰上無窮無盡的赤裸山壁讓我們爬得好辛苦，頂峰上的那個石塊長出了一棵樹來，一棵小而粗、有幾根短卻強壯粗枝的樹。它站在那裡，難以想像的寂寞與奇異，頑固剛毅紮根岩石內，粗樹枝之間猶見冷冽的藍天。一隻黑色的鳥端坐樹梢，啞著嗓子在唱歌。

在超越世界頂端的地方短暫休息時，我做了一個安靜的夢：太陽冒出烈焰，岩石燒紅了，整區呆滯凝視，鳥兒嘎嘎。牠粗啞的歌名是：永恆，永恆！那隻黑鳥唱著，牠錚亮嚴厲的眼睛盯著我們，彷若一塊黑水晶。牠的目光令人無福消受，牠的歌聲也讓人難以忍耐，尤其可怕的是這地方之孤寂與空虛，荒涼蒼穹令人眩目的遼闊。死亡是難以想像的極大歡樂，留在此處等於無名的苦痛。必須有什麼事情發生，刻不容緩，當下，否則我們就變成石頭，而世界陷入驚悚之中。我感覺得到那個事件擠著壓著，呵進熾熱的氣，如暴風雨前的陣風。我感覺得出它在我身體和靈魂上飛舞，如同灼痛的高燒。它發出恐嚇，它來了，它在這裡。

——那隻鳥驀地從樹枝上躍起，撲向宇宙。

我的嚮導躍起，衝向天際，跌落抽搐的天空，飛走了。

現在，命運的波浪到達了極限，撕裂了我的心，無聲地四分五裂。

我墜落，倒下，躍起，我在飛翔；冷冷的空氣渦流捆住，我因極大的歡樂而感到痛苦、微醺，穿透無窮盡地往下，直靠近母親的胸脯。（一九一六）

11 鳶尾花

童年的春天，安瑟姆跑過綠意盎然的花園，地上一朵又一朵是母親的鳶尾花，他特別喜歡這種花。他仰起臉頰湊近淺綠色的葉子，手指探索式觸摸尖細的葉尖，深吸一口氣，嗅聞那美麗非凡的花朵，端詳好久好久。淺藍色的花壇上長出了長長的黃色花蕊，花蕊之間開出一條透明的路，直下花萼，進入那個花朵迷離、藍色的祕密中。他愛極了那花，目不轉睛良久，看著黃色優美的四肢一會兒像國王花園裡的金色籬笆，一會兒又像漂亮的夢幻樹木夾道，沒有風吹過來，明亮、玻璃般溫柔的活潑動脈，穿過神祕的小路進入內部。拱頂非比尋常地向上延伸，倒退時，種有金色樹木的小路隱蔽在無盡幽深、難以想像的深穴之中，小路上方紫羅蘭色的拱頂優雅地拐彎，在寧靜等候的奇蹟上投下醉人的淡淡陰影。安瑟姆知道，這是花朵的嘴，嬌豔的黃花後方，它的心與思維就住在藍色的深穴內，它藉著這條嬌媚、明亮、脈絡光滑的路徑，吸氣、吐氣。

大朵的花旁邊是模樣較小、尚未開的花，它們站在堅實多汁的莖上，稚嫩的花朵從褐綠的膜包覆的小花萼裡掙脫而出，安靜但鮮豔，固定地纏繞上淡淡的綠和紫。從上往下看，稚嫩的紫色緊實又柔和，與優美的尖瓣一塊兒滾落出來。這些緊實搓揉出來的嫩葉上，依稀可分辨出脈絡以及幾百個紋路。

安瑟姆早晨走出家門，他剛從睡眠與夢境中醒來，回到陌生的世界時，完好如初卻又迭有新意的花園在那裡等待著他。昨天從綠殼伸展出一個堅實、捲得厚實的藍色花尖兒處，現在懸吊著一片薄薄的藍如空氣的嫩葉，既像舌頭也似一片嘴唇，試探式地尋找它朝思暮想的結構與拱頂，最底部仍有一場與綠殼之間的寧靜爭戰，可預感到這裡將長出嬌美的黃花，脈絡分明的軌道，以及遠而散逸香氣的靈魂深谷。也許中午，也許晚上，尖瓣就會打開，一頂藍色的絲質帳篷在金色的夢幻森林裡突起，它的第一場夢，第一個想法與歌曲，靜靜地從迷人的深谷裡吐納出一口氣來。

有一天，草地上開滿了藍色的風鈴草；有一天花園裡突然有一種新的聲響與香味，被太陽曬得發紅的葉子上垂掛著初長的柔和、淺紅色的月季花。有一天，鳶尾花沒了，都凋謝了，再也沒有溫柔引向香氛祕密的金色籬笆小徑，唯有乾癟沉著的葉片呆立。但灌木叢中的紅莓熟了，新生的蝴蝶不停在紫菀上翩翩起舞、玩耍，紅褐色、發出貝母光澤的背嗡嗡作響，翅膀清亮。

安瑟姆和蝴蝶及鵝卵石聊天，甲蟲和蜥蜴是他的朋友；鳥兒說鳥的故事給他聽，蕨類偷偷帶他看闊葉頂蓋下聚集的褐色種子，他用玻璃片捕捉綠色和水晶般的陽光，將之變成宮殿、花園以及發光的寶庫。一旦百合花謝，旱金蓮開花，月季花枯萎了，黑莓也熟了，萬物有時，一個來一個去，消失，時間到了會再來，醉人的奇異日子，風在冷杉裡冷冷地吹著，滿園盡是枯葉，慘白、死氣沉沉，萬物仍然捎來一首歌，一次經歷，一個故事，直至沉落，窗前飄下雪花，窗玻璃上結出棕櫚狀的雪晶，形成一大片棕櫚林，配戴銀鈴的天使整晚飛翔，走道和地板有脫水水果的香味。這個完美的世界裡，友誼和信任永不會消失，有一天雪花蓮突然又在變黑的常春藤葉旁發亮，第一批鳥兒飛過藍藍的高空，一切好似一直都在那裡。直到有一天，出其不意但又總是準確得彷若不得不然，而期待也總是一般無二，第一批藍色的花尖兒從鳶尾花莖探頭出來。

一切都美，安瑟姆都歡迎，與之結交，熟稔，然而這場魔術與恩賜對這個男孩而言最非凡的時刻，當屬每年的第一批鳶尾花。他很小的時候就在臥室裡，從書中介紹的奇觀中首次認識了它的花萼，它的香味以及飄動的多樣的藍。於他，那是創造之呼喚與密碼。鳶尾花陪伴他度過他的純真年歲，每年夏天綻放新花，變得益發神祕動人。別的花也有一個開口，別的花也散播香氣與思維，別的花也吸引蜜蜂和甲蟲造訪它們小而甜蜜的房間。但是男孩喜愛藍色的鳶尾花勝過其他，他覺得此花重要，是他的譬喻和例子值得深思，美妙非常。每當他望著它們的花萼，在這條如夢似幻的小徑上，專注地徵逐自己的思維，在令人讚嘆的黃色灌木中與花的內在相遇。然後他在那扇大門裡看見他的靈魂，大門內，現象變成謎語，眼見變成了預感。夜裡他偶爾會夢見那個花萼，瞧見它碩大無朋，在他眼前打開，如一座美輪美奐的宮殿大門，花萼乘坐天鵝飛進去，和他一起靜靜地飛翔、騎馬以及滑行全世界，被一股魔力吸引入每個期盼皆須實現、任一預感皆須成真的可愛深穴裡，飛進又飛出。

土地上的每一種現象皆為一個譬喻。每一個譬喻又是一扇敞開的大門，若靈魂有所準備，透過這扇門就能進入世界的內在，即你和我日以繼夜無分軒輊之處。每一個人都會在生命途中踏進這扇大門，福至心靈，原來所有肉眼能見的就是一個譬喻，而靈魂與永生就住在這個譬喻的後面。然而，通過這扇門，為內在預感到的真實而獻出漂亮的外觀的人並不多。

對安瑟姆這個男孩而言，他的花萼猶如一個打開、無聲的問題，在預感湧上之際，非要他的心靈交出一個極樂有福的答案不可。然後這個東西的嫵媚多樣性再度招引他，與它的世界裡的小草、石頭、根、灌木、動物，以及所有親切友善的東西對話和遊戲。他經常專注地觀照自我，為一己身軀之奇特出神地坐著，閉上眼睛，吞嚥、唱歌、呼吸的當下，去感受嘴裡與喉間奇特的悸動、感覺以及想像，並也在那兒感受那條小徑以及那扇門，心靈與心靈交會的地方。他嘖嘖稱奇地觀察意味深長的彩色形象，那些經常於他閉上雙眼之時，從紫色幽暗中現身的東西，斑點，藍色、深紅色的半圓，以及其間閃亮的線條。有時候安瑟姆又驚又喜感受到眼睛與耳朵之間，氣味與摸索之間上百種的精微關聯，在稍縱即逝的美妙瞬間感覺到音調、聲音、字母彼此沾親帶戚，同時與紅色及藍色，堅硬和柔軟相屬。嗅聞一株藥草或者一塊脫落的綠色樹皮時，他發覺氣味和味覺一旦共處，二者之近似真是特別，時常交相融合為一，不免感到驚訝。

所有的孩子都如此感受，雖然每個人的強烈程度和敏感度不盡相同，而且很多人在學會讀字母之前並不諳此道，因此等於從未經驗過。但也有些人守著這個童年的祕密，直到頭髮發白了，碩果僅存的祕密仍然餘音裊裊，陪伴他度過老來易倦的日子。所有的孩子，只要還懷藏著祕密，就不至於荒疏心靈，會忙於唯一攸關緊要的事，與他這個人及世界謎樣的關聯周旋到底。尋找的人與智者隨歲月變成熟後，將回歸這個活計，大部分的人卻淡忘了，很早就離開了真實重要的內心世界，徹底離開，在充斥著各種煩惱、願望以及目標，行為反覆無常但繽紛熱鬧中迷惑一輩子，這些念想無一駐留他們的內心深處過，無一會將他們再次引向內心深處，引他們回家。

安瑟姆孩提時的夏季與秋季緩緩地來，悄悄離去，雪花蓮、紫羅蘭、桂竹香、百合、長春花以及玫瑰，開了又謝，謝了又開，嬌豔腴沃如往昔。他一起經歷著，花和鳥對他說話，樹和水井聽他細訴，他帶著第一次寫下的字母和第一次結交的朋友，循老方式一起去花園、找媽媽、到花圃多彩的石頭那兒。

但有一年春天來臨時，一切聽起來、聞起來都異於往常，山鳥鳴囀，但不是那首老歌，藍色鳶尾花開了，卻沒有夢或童話人物從花萼兩側有金色籬笆的小徑上行行復行行。躲藏起來的草莓從綠蔭下笑出聲來，皺褶匍匐於高高的傘形花序上，發出耀眼的光。一切都不復從前模樣，其他東西吸引住了男孩，和母親之間亦爭執甚多。他不清楚是怎麼回事，為什麼有個東西令他痛苦，又有個什麼老是困擾著他。他只看見世界變了，維繫迄今的友誼背棄了他，獨留他一人。

一年過去了，接著又過了一年，安瑟姆不再是小孩，花圃周圍那些彩石好無趣，花朵無語，他用針把甲蟲插牢在箱子裡，他的心靈踏上漫長艱辛的彎路，老朋友乾涸也枯萎了。

這個年輕人一腳踏進他以為現在才開始的人生路，把充滿祕密的世界忘得一乾二淨；新的願望與途徑把他帶往別處。藍色目光和柔軟的頭髮中仍有童年的一股氣息，當他憶及，卻不太喜歡了，於是，剪短頭髮並在眼神中加入超乎所及的果敢和知識。他乖張的奔闖過辛苦、翹首期待的年月，一會兒是好學生暨朋友，一會兒孤身一人又害羞，有時野性十足，在前幾場年輕人狂飲歡宴上大聲談笑。他必須離開家鄉，偶爾返鄉，總是他變了，長大了，穿戴精美回去探望母親時，停留的時間也短之又短。他帶朋友、書本一起回去，每次帶的都不一樣，他走過那座老舊的花園，花園好小，面對心有旁騖的他竟然沉默了。他再也不曾研讀石頭與葉片上紛雜脈絡的故事，再也沒看見潛藏在藍色鳶尾花的祕密中的上帝與永恆。

安瑟姆是小、中學生，大學生，先戴一頂紅色帽，然後是黃色的便帽回鄉，唇上長出細毛，青澀的髫鬚。他帶了外國語文寫的書籍，另一次是一條狗，不久後胸前抱一個皮革書包，裡頭放著靜靜的詩，再下次則是古老智慧的抄本，漂亮女孩的畫像與信件。他回來了，在遙遠的國度待過，並且曾以海上的巨輪為家。他又回來了，以年輕教師的身分，戴一頂黑色帽子和一副黑色手套，於是老鄰居在他面前脫下帽子，稱他為教授，儘管他還不是。他又回來了，身穿黑色衣服，身形瘦削神情嚴肅，走在速度緩慢的車子後頭，他的老母親就躺在車上裝飾過的棺槨內。從此，他更難得回家了。

安瑟姆現在在一座大城市裡教導大學生，成為一位有名的教師，他走路、散步，起坐都和世界上的其他人沒兩樣，穿戴上好的外套與帽子，態度嚴肅或友善。眼露勤奮，或偶有疲態，是紳士及研究人員，他希望成為的那種人。現在他過得和童年結束時差不多，突然間他覺得時光飛逝，很怪異的孤獨、不滿在這個他持續觀察的世界上立足。當教授並未使他真正的快樂，一般老百姓和大學生對他必恭必敬，真沒多大意思。一切好像枯萎、蒙上了灰塵，快樂再度遙不可及，通往快樂的途徑看似炎熱、塵埃處處，而且很平凡。

這段期間安瑟姆常去一位朋友家，朋友的妹妹很吸引他。現在他不再輕易對漂亮的臉蛋動心，連這個也變得不同，他覺得他的幸福快樂應該以一種特殊的方式到來，而不是普通得像每一扇窗戶後面的任何東西。他非常喜歡朋友的妹妹，常常以為自己真的愛她。但她是個很特別的女孩，走的每一步路，說的每一個字，都有自己的特色，別具一格，與她同行時，要找到與她一致的節拍並非易事。晚上，偶爾安瑟姆若有所思在他寂靜的房子裡走來走去，聽到荒蕪的房間裡自己的腳步聲時，他為了女友而與自己起很大的爭執。她年紀稍長，他其實希望娶個年輕些的；她非常古怪，與她共同生活還得顧上自己的研究野心，想來挺麻煩，因為她一點兒也不想知道和研究有關的任何事情。此外，她身體不夠強健，受不了社交以及節慶活動。她最愛的生活是身邊有花、音樂以及一本書之類，在孤單的寂靜中等待著，看看有沒有人來找她，任世界隨自己的意思運轉。有時候她溫柔又敏感，所有的陌生人都讓她傷心，動不動就珠淚雙拋。之後恢復容光煥發，安靜優美，沉浸在寂寞的快樂之中。看到這情景的人，心想：想要給這位美麗古怪的佳人什麼，還必須是對她別具意義的東西，可不容易喔！安瑟姆常想，她是愛他的；他常覺得，她其實誰也不愛，只是對大家都很溫和友善而已；除了安靜度日，她對這世界一無所求。但他希望有不一樣的人生，若他有個妻子，家中肯定充滿活力，有音樂流曳且高朋滿座。

「伊莉絲，」他對她說，「親愛的伊莉絲，這個世界要是能換個樣子多好呀！如果一個有花、思想以及音樂的美麗世界就是全部的話，我只盼望一輩子與妳相守，聽妳講妳的故事，分享妳的想法。光是妳的芳名就讓我感到愉悅，伊莉絲這個名字真美；可惜它究竟讓我想起什麼，我居然毫無頭緒。」

「你明明知道，」她說，「藍色的鳶尾花就叫伊莉絲。」

「是啊，」他壓抑情感回答，「我當然知道，光是這點就很美。每次我喊妳的名字時，它好像另外在警告我什麼似的，我不清楚是什麼，似乎與我深層模糊但重要的記憶有關，但我既不知也找不到它。」

伊莉絲對用手搓揉額頭，對一臉困惑站著的他微微一笑。

「每次都這樣，」她細聲細氣對安瑟姆說，「我聞一朵花的時候，我的心便隨著花香和對一些極其美麗又珍貴的懷念連在一起，以前但現在遺失了的懷念。聽音樂的情形亦同，偶爾則是詩歌——有個東西驀然閃現，只有一瞬間，彷彿有人突然看見失落的故鄉就在腳下的山谷，旋即消失並且遺忘似的。親愛的安瑟姆，我相信我們來到世間是為了理解、沉思，尋找以及傾聽失落含糊的音調，我們真正的家鄉就在那些音調的後面。」

「妳說得多好呀，」安瑟姆阿諛她，同時感覺到胸中有一種近乎疼痛的躍動，彷彿那邊有一個隱藏起來的指北針，指出他遙遠的目標。但這個目標完全不是他想要實現的，這使他心痛，假設他懷有夢想追求美麗的童話，是否會賠上他的人生，這樣做又是否符合他的身分地位？

有一天安瑟姆先生結束了一場孤獨之旅返回家中，迎接他的只有冷清的教師宿舍，好冷好抑鬱，所以他跑去找朋友，思索著要求婉麗的伊莉絲嫁給他。

「伊莉絲，」他對她說，「我不想這樣生活下去了。妳一直是我很要好的朋友，我必須坦誠以告。我必須有一位妻子，否則我的人生空虛、沒有意義。除了妳，我還希望娶誰為妻呢，親愛的鳶尾花？妳願意嗎，伊莉絲？妳會有花，要多少有多少，妳會有最奪目的花園。妳可願嫁給我？」

伊莉絲靜靜地凝視他好久好久，她沒有笑，也沒有臉紅，她用堅定的聲音答覆：「安瑟姆，你的問題並未讓我太訝異，我很喜歡你，但從未想過成為你的妻子。看吧，我的朋友，我對我會成為他妻子的那個人要求很高，我的期待比大部分的女人都來得嚴苛。你許諾我花，心意可感。但我沒有花也能活得好好的，少了音樂也行，必要時，這些我全部可捨下，其他東西亦可放棄：假使音樂不是我心中的重鎮，我連一天都活不了。倘使我和一個男人一起過日子，他內在的音樂必須與我的和諧一致，他自己的音樂很純潔，與我的一搭一唱，而這必須是他唯一的渴念。你做得到嗎，朋友？這麼一來，你大概不會繼續出名，享有威望，你的屋子將安靜非常，你額頭上那些我相識多年的皺紋，想必會再度冒出來。唉，安瑟姆，行不通的。瞧，你是非常在意額上皺紋的人，會因此心生煩惱，我的心與我的人，你喜愛並且覺得美好，但對你以及大部分的人而言，那只是一個精緻的玩具罷了。欸，聽我的吧：現在是你的玩具，在我卻是生活本身，也必須是你的。所有你努力費心取得的，在我而言是玩具，為此而活，無論我的理解或感受均難同意。——我不會改變了，安瑟姆，因為我根據我心中的準則而活。你呢，能變成另一個人嗎？而且你必須徹底改變，我才可能當你的妻子。」

安瑟姆為她堅定的意志驚訝得說不話來，他以為她意志薄弱，遊戲人間呢。他從桌上拿起來一朵花，一不留心，沉默地當兒，花在他不安的手掌裡被捏碎了。

伊莉絲溫柔地拿走他手中的花——此舉猶如一個嚴厲的譴責擊中他的心——她忽然露出開朗親切的微笑，好像出其不意在黑暗中找到了一條路。

「我有個想法，」她輕聲說而且紅了臉，「你會覺得這個主意很特別，看起來像一時興起，但它絕非一時興起。你想不想聽聽看呢？你想不想接受由它來為你、為我做決定呢？」

安瑟姆不懂她的意思，蒼白的五官盡是煩憂，定定看著他的女友。她的微笑馴服了他，他於是恢復自信並且說好。

「我想交給你一份任務，」伊莉絲說，態度迅即轉為嚴肅。

「說吧，你有資格這麼做，」安瑟姆回應。

「這是我的肺腑之言，」她說，「而且心意已決。你可以忍耐從我心靈說出來，不討價還價，即使你不是馬上了然於胸的話語嗎？」

安瑟姆答應了。於是她邊說邊站起來，把手伸給他。

「你不只對我說過一次，每次你喊我的名字時，就覺得想起某個從前對你很重要、至高無上，但卻遺忘了的東西。這是一個暗號，安瑟姆，這個暗號這些年來把你引到我身邊。我也相信，你的心中遺失也遺忘了一樣重要、至高無上的東西，在你找尋到能賜予你堅定明確的快樂之前，必須重新喚醒那個東西。再見，安瑟姆！我和你握手，拜託你：走吧，去看看，能不能重新找出我的名字讓你產生聯想的記憶。等到你重新找到它的那日，我將願意做你的妻子，與你同行至天涯海角，以你的願望為願望，再無其他要求。」

摸不著頭緒的安瑟姆很驚愕，想要打斷她，說這個要求乃一時興起，但她明亮的眼神提醒他遵守諾言，於是他沉默不語。他垂下眼睛握住她的手，送到唇邊，然後離去。

此生他曾經接過並且完成了幾項任務，但沒有一項如此奇特、重要，又如此讓人氣餒。一天又一天他四處奔波，思前想後疲憊不堪，時不時對這項任務感到沮喪又憤怒，斥之為瘋狂的女人一時興起，繼而陷入沉思當中。他的內心深處似在反駁，一種極細微、隱晦的疼痛，像一種溫柔至極、幾乎不出聲的警告。他心中的這個幽微聲音說伊莉絲是對的，並且提出和她一模一樣的要求。

這項任務對這位學富五車的男人來說實在太難了，他要憶起早就忘懷的東西，他得從多年前就掉落地面的蜘蛛網中重新抽出那唯一的金線，他應該用手抓住些什麼，然後呈現給他的意中人。一切虛無得有若隨風飄散的鳥鳴，又如聽音樂時激起之些許喜悅或傷悲，比一個概念還要稀薄、易逝、不具體，比一場夢更微不足道，比晨霧更不確定。有時候他灰心得扔下一切，心情惡劣打算放手，突然有像從遠方花園來的微風拂面，呢喃著伊莉絲這個名字，十次或更多次，悄悄的卻又輕鬆寫意，猶如有人在一根拉緊的絃上試音。「鳶尾花，」他輕聲說道，「伊莉絲，」內心被觸動了，帶著些微的疼痛，好似在一間老舊荒蕪的房子裡，沒有開門的動機，百葉窗嘎吱作響。他檢視著他以為自己悉心整理過、放在心上的回憶，驟然間有奇特又詫異的發現。他回憶的珍寶比他曾經想過的要小得多，當他回首，那些徹底消失的時光，空空如也有若無法形容的扉頁。他發覺他得花很多功夫，才能清楚地勾勒出他母親的形影；他少年時年復一年熱烈追求的女孩，他完全忘了她的名字。他想起一條狗，是他念大學時一時興起買的，有一段時間狗兒與他同住；他花了幾天時間才想起狗兒的名字。

這可憐的男人痛苦萬分，愈來愈悲傷、害怕，因為他看出他的人生流逝，空虛，不再屬於他，他不認識自己的人生，與它毫無干係，好像靠死記學東西，要很辛苦才有辦法把枯燥的碎片拼湊起來。他開始寫下他重要的經歷，希望時光一年一年倒流，好好掌握那些經歷。但他有哪些重要經歷呢？他當上教授嗎？他曾經是博士、中小學生、大學生嗎？還是他有一次，記不清何時了，喜歡上這個或那位女孩一段時日嗎？他驚駭地仰望：這叫哪門子人生？只有這些呀？他敲打額頭，怪笑了起來。

時間不曾停下腳步，之前它從未跑得如此迅捷、毫不留情！已是一年過去，他似乎還站在彼時他離開伊莉絲的同一地點。但他這段期間轉變頗多，除他之外，每個看見他的人都看得出來，同時心中了然。他既變老，也變得年輕，朋友們幾乎都快不認識他了，有人發覺他精神渙散，情緒不穩還很怪異，他因而有了怪物的綽號。真是不太妙，大夥兒推測，恐怕和他長年單身有關吧。有時他忘了職責所在，使得學生枯等許久；有時他若有所思在街上漫步，暗中跟著房子移動步伐，那件破爛的外套在碰到牆角的突出物時揚起灰塵。有些人認為他開始酗酒了，有些時候他講課講著頓住了，嘗試思考什麼，露出天真的笑容征服了大家，誰都沒見過他這種表情，他的聲音充滿溫暖與感動，繼續講課，許多學生深受感動。

這場不抱希望的漂泊追逐著多年以來的香味與消失的痕跡，於他而言早就有了新的意義，但他自己仍未覺知。他頻繁地感覺到，在他至今稱之為記憶的東西的背後，還藏著別的回憶，類似一面繪圖的古舊牆壁，老圖畫後面還有更古老的，一度被新畫上去的圖蓋住而休眠了。他想要想起什麼？一座城市的名字之類，他曾經在那兒旅行了一天，或者想起一位朋友的生日，或者想起什麼都好。他現在開採出一小塊廢料般的往昔，打洞鑽過去，又忽然想起了截然不同的東西。好像有一陣氣息撲面，又像四月清晨的一陣風，或像九月起霧的日子，他聞到一股香味，嘗到一種味道，感覺到某處模糊溫柔的感受，皮膚上、眼內、心上，他於是慢慢會意過來：那必然是從前的某一日，藍色，溫暖，或者有些涼意，灰濛濛；或者隨便哪一天，這一日的本質落入他體內，成為駐留的模糊回憶。他清楚感受並嗅聞到的春天或冬天，在真實的往昔中遍尋不著，它們既無名姓，亦無數字，也許是大學時代，也許是仍在搖籃裡的時候，但那氣味仍在，他覺得體內有了生氣，但他不知那是什麼，說不出它的名字也無法確定其樣態。有時候他以為，這些關於人生的記憶足以返回一個先前存在的往昔，雖然他思及此時會微微一笑。

安瑟姆在漫無目的中徒步旅行，穿越記憶深淵時有很多發現，他發現很多令他感動、攫住他心靈的東西，很多駭人導致恐懼的東西，但有一樣他沒找到，那就是伊莉絲這個名字之於他的涵意。

有一回遍尋不著而深感苦惱時，他重新造訪了他的老家，又看見了森林與巷陌，小路和籬笆，站在童年的花園裡，他感受到心中波濤洶湧，往日如夢纏繞著他。他滿懷憂傷靜靜地返回，請了病假，送走每一個對他有所求的人。

但有一個人依舊來了，是他的朋友，自從他向伊莉絲求婚後就不曾再見過的友人。他來，看見乏人照料的安瑟姆在他鬱悶的小室內坐著。

「站起來，」朋友對他說，「跟我走吧，伊莉絲想見你。」安瑟姆跳了起來。

「伊莉絲！她怎麼啦？喔，我知道，我知道！」

「是的，」朋友說，「快去！她要死了，已經病了好久。」

他倆去伊莉絲家，她躺在臥榻上，瘦削得像個孩子，因病容顯得特別大的眼睛綻放開朗的笑容。她伸向安瑟姆的手蒼白細瘦似孩童，彷彿一朵花握在他手中，臉上則神采奕奕。

「安瑟姆，」她說，「你生我的氣嗎？我交給你一項艱難的任務，我知道你始終沒有放棄。繼續找，走上那條路，直到你抵達目的地為止！你以為是為了我才去的，其實你是為了自己，你明白嗎？」

「我預感到了，」安瑟姆說，「現在我知道，那是一條漫長的路。伊莉絲，我早就想折返了，但我找不到回頭路，我不知道自己將會變成什麼樣子。」

她笑吟吟、寬慰地注視他愁苦的眼神，他俯身向她細瘦的手哭泣良久，淚水染濕了她的手。

「你會變成什麼樣子，」她講話的聲音好像跌入回憶，「你會變成什麼樣子，這你得問自己。你這輩子尋找過很多東西，你追求榮譽、快樂以及知識，還追求過我，你的小伊莉絲。這些全都只是漂亮的景象，將和我不得不離開你一樣棄你而去。我也同樣經歷過。我一直在尋找，總是找到漂亮可愛的景象，總是會脫落並且離去。現在我不認得任何景象了，我不再尋找，我回到家，只剩下一小步要走，然後我就在故鄉了。你將也會往那裡去，安瑟姆，你的額頭將再也不會出現皺紋了。」

她簡直毫無血色，安瑟姆絕望地大叫：「噢，等等，伊莉絲，不要走！給我一個信號，不要讓我完全失去妳！」

她點頭，然後把手伸進一旁的一個玻璃容器，給他一朵剛開的藍色鳶尾花。

「這兒，拿我的花，鳶尾花，別忘記我。尋找我，尋找鳶尾花，然後你就會回到我身邊。」

安瑟姆哭著接下那朵花，哭著與她道別。這位朋友送消息來時，他又去了一趟，幫忙用花朵裝飾她的棺木，並且葬入土中。

這以後他的人生崩潰了，他認為不可能繼續織這條線。他丟下一切，離開城市與學校，從此下落不明。有人在這裡或那裡看過他，他在故鄉露過面，倚在老花園的籬笆上，但若有人問起他的近況，想得到答案時，他就跑開，失蹤了。

他依舊喜歡鳶尾花，每當他看見它們，便彎下身去，目光落在它們的花萼上，所有過往與未來之氣息與預感，似乎從藍色的土壤吹拂出來，直到他因願望不得實現而感到悲傷，離去時方止。他好像在一扇半開的門邊，聽到門後有親切的祕密在呼吸，當他正想著，現在他必須得到並實現一切時，門就關上了，冷風輕輕擦過他的寂寞。

夢中他的媽媽和他說話，好多年了，他都沒有像現在這樣近看母親，把她的模樣和臉蛋看得一清二楚。伊莉絲和他說話，他醒來時，耳畔仍有縈迴，為此他鎮日思索。他沒有固定的住處，到哪裡都是陌生人，走遍全國。他在空屋裡睡覺，在森林裡過夜，吃麵包或者吃莓果，喝酒或者喝灌木葉片上的露水；這些他過後即忘。許多人當他是傻瓜，不少人以為他是巫師，很多人怕他，很多人嘲笑他，很多人愛他。他學會與兒童為伍，加入他們奇奇怪怪的遊戲，與一根折斷的樹枝、一顆小石子說話；這些他以前壓根兒不會。冬天與夏天從他身邊走過，他觀看花萼、小溪以及湖泊。

「景象，」偶爾他自言自語，「一切都只是景象。」

但他在自己的內裡感受到一種本質，那不是景象，於是他跟著它，它體內的那個本質會和他對話，是伊莉絲的聲音，媽媽的聲音，是慰藉與希望。

神奇的事與他邂逅，但並未使他感到驚異。有一次他在雪中走過冬天的大地，鬍子上結了冰。雪中有一朵細瘦的鳶尾，開出一朵美麗孤寂的花，他望過去然後笑了，因為此刻他辨識出伊莉絲一而再、再而三提示他的東西。他重新辨識出童年做過的夢，在金色的柵木間看見淺藍色的線路，脈絡清楚地引向花朵的祕密與花心，他知道那兒有他在尋找的東西，那個本質就在那裡，它不是景象。

他再與提示相逢，夢引領著他，於是他來到一間小茅舍，那邊有小孩，他們給他牛奶喝，他陪他們玩，他們講故事給他聽，告訴他森林裡燒製木炭的可憐人遇到了一件神奇的事。有人在那裡看見一千年才打開一次的鬼門門戶大開。他專注地聽，並朝這個可愛的畫面點點頭，然後繼續趕路，一隻鳥在他前面的赤楊灌木上唱歌，甜美的聲音宛如逝去的伊莉絲。他跟著牠，牠不停飛呀跳呀，飛過小溪，飛進森林深處。

當鳥兒沉默下來，再也聽不到也看不到時，安瑟姆停步四下張望，他位於森林裡的一座山谷中，綠色的闊葉下有一條安靜的水流，此外一片寂靜，等待著。那隻鳥在他胸中繼續唱著，歌聲嫵媚，催促他接著走，直到他站在一塊岩壁前為止。岩壁上長滿了苔蘚，中間開了一個裂口，又窄又小的裂口可通往這座山的內部。

裂口前坐著一位老人，看到安瑟姆走過來，他站起來喊：「回去！這是鬼門，進門去的人還沒有誰再出來過。」

安瑟姆仰頭望進那扇岩石大門，看見山的深處有一條看不見盡頭的藍色小徑，小徑兩側有緊密排列的金色圓柱，小徑通往內部的下坡路，像一朵巨大無比的花朵之花萼筆直下降。

他胸中的鳥兒響亮鳴囀，安瑟姆走過守衛身邊進入裂口，穿過金色的圓柱，走進內部那個藍色的祕密所在。是鳶尾花，他鑽進花心，是媽媽花園裡的鳶尾花，他踮著腳踏進藍色的花萼，當他默默迎上金色的黃昏，所有的記憶、所有的知識剎那間全數歸返，他感覺到他的手，又小又軟，耳畔傳來熟悉的愛之聲，金色的圓柱閃閃發光，和童年時的春天他聽過的、照亮過的一樣。

他的夢也回來了，他還是小男孩時做過的夢，他往下走近花萼，他身後整體的景象世界都跟著一起走、滑行，墜入藏在所有景象後面的祕密之中。

安瑟姆輕輕地唱起歌來，他的小徑悄悄地沉入故鄉。（一九一六）

12 歐洲人

上帝終於看見了，讓發生了血腥戰爭[1]的人間生活有個結束的時候，祂因此送來了一次大洪水。滿懷同情心的洪流沖刷過去，年老的星辰蒙羞，血跡斑斑的雪地和受到保護的呆滯山脈，腐爛的屍體與為他們痛哭的人，憤怒的人和以殺人為樂的人，以及變窮的人，挨餓的人與瘋了的人，無一倖免。

蔚藍的天空愉快地俯視一無所有的地球。

順道一提，歐洲的各項技術直到最後仍然保持完好。歐洲小心翼翼與緩慢上升的水勢艱苦作戰了數星期之久，一開始靠巨大的堤防，幾百萬個戰俘日以繼夜築堤，接下來靠人為加高，以驚人的速度往上加，初期看起來頗像

1 第一次世界大戰。

高大的階地，然後持續往上攀高成為塔樓。除了這些塔樓，人類的英雄氣概也以令人動容的忠誠，堅守到最後一日。

歐洲與全世界下沉並溺水之際，那些最近才隆起的鐵鑄塔樓，始終都藉著下墜地球的潮濕黃昏，投下耀眼、堅定不移的影子，砲彈以優雅的弧線在受保護的山脈間來回呼嘯。戰爭結束的前兩天，同盟國的領導人決定用燈光向敵人表示和平的意願。敵方卻要求立刻清除仍然屹立的塔樓，即使是最果決的和平之友也不能這樣宣示，於是，英勇的射擊直至最後一刻。

現在全世界都在淹大水，唯一倖存的歐洲人在洪水中坐在一個救生圈上，用他最後的餘力寫下最後幾天發生的事情，好讓日後的人們知曉，他的祖國曾經如此這般，比所消滅的最後敵人多活了幾小時，奪得象徵永遠勝利的棕櫚。[2]

灰濛濛的地平線上出現了一艘笨重的船，又黑又大，慢慢地往這個累癱的人靠近，認出那是一條巨大的方舟，在他昏倒之前，又看到那艘碩大的方舟，以及古老的家長[3]被風吹拂的白鬍子，他站在泅游的大船甲板上，歐洲人感到很安慰。一位巨人般的黑人把漂流的生命撈了起來，他還活著，不久便甦醒過來。諾亞高興地微笑，他的作品成功了，所有種類的俗世生命中，有一個樣本被救了起來。

當方舟從容不迫逆風而行，等待著混濁的水消退時，甲板上展開了一場繽紛的生命之旅。大魚成群結隊跟著這艘船，鳥和昆蟲以多彩、夢幻般的隊形聚集在敞開的船頂，每隻動物、每一個人都因為獲救而且將展開新生活而由衷高興。

斑斕的孔雀嘶啞地發出清晨召喚，嘎嘎聲越過水域，大象開心地笑著朝自己噴水，牠的伴侶高高抬起象鼻沐浴，蜥蜴坐在和煦的木頭船身上閃耀生輝；印地安人迅捷地用標槍從沒完沒了的洪水中叉起發光的魚，黑人在灶前鑽乾木頭取火，心情大好所以很有節奏地拍他肥胖老婆的小腿，單薄僵硬的印度土著兩手交握，自顧自低吟創世紀歌曲中的詩篇。愛斯基摩人在日光

2 敵人全數被殲滅，所以這個勝利是「永恆」的。
3 諾亞，以下通譯。

下冒氣出汗，瞇著眼笑，身上又是油又是水，一隻善良的貘聞了又聞，個頭小的日本人為自己削了一根細棍，一會兒平放在鼻子上，一會兒又平放在下巴，小心不讓它歪斜。歐洲人用他的書寫工具，寫下一張現存生命的目錄。

小團隊一個一個成立了，紛紛建立起友誼，就算起了爭執，也在諾亞的一個示意下解決了。大家都很合群、歡樂：唯獨那個歐洲人孤寂地寫作。

一個新的遊戲在各種膚色的人以及動物之間傳開了，就是在比賽中展現個人的本領與技藝。誰都想奪得第一，而諾亞必須訂出比賽規則來。他把大型與小型動物分開排好，再把人類編成一列，每個參加者必須報名，說出自己的能耐，引以為傲的能力，然後一個一個排好隊。

這個無與倫比的遊戲舉行了四天，因為老是有某個團隊為了要看別人比賽而溜了，遊戲於是中斷。每一種出色的能耐都獲得如雷的掌聲，有多少令人讚嘆的本事可瞧啊！上帝創造的每一種生物，各個身懷絕技唷！生命之豐富開啟囉！笑吧，掌聲響起，哇啦哇啦，拍手，跺腳，哈哈大笑！

黃鼠狼跑得神乎其技，雲雀歌喉魅力無窮，趾高氣昂的火雞行進時華麗非常，松鼠爬來爬去敏捷得不得了。山魈模仿馬來人，狒狒模仿山魈！跑者、善攀爬者，擅泳者與飛行者不眠不休較勁，每一位均獨一無二，沒有超越者，而且深具潛力。

有的動物能透過魔法活動，有的動物會隱身術，很多參加者因為力大無窮，很多靠耍花招，有些藉由攻擊，有些透過防衛而出類拔萃。昆蟲之所以能保護自己，是因為牠們形似草、木頭、苔蘚、岩石；體弱者當中，有的遭逢攻擊時排放可怕的氣味來自保，這一招趕走了成群大笑不已的觀眾。沒有人落後，沒有人缺少天賦。鳥巢編結、糊、織、砌好了，猛禽從令人膽寒的高處辨別出最微小的東西。

人類的本事也不容小覷，譬如那位高大的黑人輕而易舉就從樑上往高處走，馬來人三兩下就用一片棕櫚葉造出一支槳，懂得操弄並駕馭一塊狹小的板子，觀眾都覺得有觀賞價值。印地安人用一支輕巧的箭射中最微小的目標，他的妻子用兩種不同的樹皮編出一張蓆子，引起大家驚嘆。當印度土著站出來，表演了幾套魔術時，大家驚愕得久久說不出話來。中國人則表演如何勤勞禾鋤，讓小麥收成增加三倍的方法：把青苗拔起，種在兩畦之間即可。

那個歐洲人莫名其妙地不太受歡迎，數度搞得他的人類親戚嗔怪連連，因為他的批評嚴厲又百般揶揄，拚命挑剔其他人的行為。當印地安人從藍天射下一隻鳥來，這個白種人聳聳肩堅稱，用二十公克的動力就能射得比他高三倍！

有人要求他示範一下，他又不會了，反而說要是他有這個或那個，若再有十樣別的東西，肯定辦得到。他也奚落了中國人，說，移植新長的小麥需要勤奮，但如此沒有創見的的苦活不會讓一個民族快樂。中國人在掌聲中回答，一個民族唯有有食物可吃、崇拜神靈才會快樂；歐洲人聞此言只是譏諷地笑了起來。

這場愉悅的比賽繼續進行，到最後所有的動物與人類都展示了所擁有的天賦和技藝。造成的印象如此深刻，令人喜悅，諾亞也笑了，白鬍子飄呀飄，讚美地說，現在大水可以退了，在地球上展開新生活；因為上帝衣裳的每一根彩線都還存在，想在地球上營造無邊的幸福快樂，什麼也不缺。

唯一沒有展示技藝的是那個歐洲人，這會兒大家都起鬨，要求他站出來，使出他的看家本領，好讓大家瞧瞧，他究竟有沒有資格呼吸上帝甜美的空氣，並且隨著諾亞這艘泅游的大船一起向前行。

他拒絕這個要求，找了半天藉口。但諾亞把他的手指放在胸前，作勢要他聽從。

「我也有，」白種人開口說話，「我也有一種訓練有素的追求卓越的能力。倒不是我的眼睛比別的生物看得清楚，或者耳朵、鼻子以及雙手的靈活度等等勝過別人，只是我的天賦比較特別，我的天賦是悟性。」

「示範一下！」黑人大喊，眾人向他聚攏。

「這沒法示範嘛，」白種人好脾氣的說，「你們沒有真正聽懂我的話，讓我突出的，是悟性。」

黑人開懷地笑了，露出潔白的牙齒，印度土著噘起他薄薄的嘴唇，慧黠的中國人同情地笑了笑。

「悟性？」他慢慢說，「那就讓我們看看你的悟性吧，到現在我們啥也沒見著呢。」

「見不到什麼的，」歐洲人怏怏的抗辯。「我的天賦和特質就是：我把外在世界的景象存入我的腦子裡，然後將這些景象製造成專屬於我的新景象和規章。我可以在腦海中思索全世界，也就是重新創造。」

諾亞用手遮住眼睛。

「恕我冒昧，」他慢慢說：「悟性有什麼好的？在你小小的腦袋裡，只為你自己，再一次創造上帝已經創造過的世界——有什麼用途嗎？」

眾人歡呼鼓掌，議論紛紛。

「等等！」歐洲人說，「你們沒有確切了解我的意思，要像示範某種手藝那樣展示何謂悟性，真的不容易。」

印度土著微微一笑。

「不難，白種表親，可以的。讓我們看看，悟性到底是什麼，譬如計算。讓我們用計算來打賭！聽好：一對夫婦有三個孩子，每個孩子各自成家，每一對年輕的夫妻每年生一個孩子，要過多少年才會達到一百個小孩呢？」

大夥兒好奇地聽著，用手指頭數將起來，定睛注視；歐洲人開始計算。但片刻之後中國人表示已經完成了計算。

「了不起，」白種人承認，「但這只是熟能生巧，我的悟性不是用在這類小玩意兒上，而是要完成重大任務，人類的快樂就立基於這些任務之上。」

「喔，這個我喜歡，」諾亞鼓勵他，「尋求快樂顯然比其他所有的熟練技藝來得重要。你是對的。快告訴我們，你有什麼法子可以教人類尋獲快樂，我們將感激不盡。」

眾人很著迷，屏氣凝神，期待著白種人開口。來了，他將告訴我們，人類的快樂在哪裡倘徉，為此他深感榮幸！若用詞不當，懇請原諒這位魔術師！他若知道這些，何須眼睛、耳朵和手的技能與熟練，何須努力與計算技能哩！

到目前為止頤指氣使的歐洲人，被眾人崇拜的好奇心弄得尷尬了起來。

「不是我的錯！」他吞吞吐吐，「但你們都誤會我了！我沒說我知道快樂的祕密，我只是說，我用我的悟性求得促進人類快樂的方法。通往快樂的路很漫長，你們和我都看不到它的終點。很多世代的人仍要為這些艱難的問題苦思冥想！」

大家拿不定主意，但忍不住懷疑，這個人在說什麼呀？連諾亞也別過臉去，皺起了眉頭。

印度土著對中國人微笑，當所有人都不知所措，中國人友善地說：「親愛的弟兄們，這個白種人愛開玩笑，他想告訴我們，他的腦袋正在忙著運轉，至於收成他悟性的成果，也許有朝一日我們曾孫的曾孫會看得到，看不到也說不定。我建議，我們認定他在開玩笑，他告訴了我們一些我們還無法真正理解的東西；但我們都有預感，假使我們真的理解了，就有機會哄堂大笑，還會笑個不停。你們不是這麼想的嗎？好耶，敬我們愛說笑的人！」

大部分的人沒有異議，很高興這個晦澀不明的故事結束了，有些則未免懊惱，心情因而惡劣，歐洲人孤伶伶站在那裡，沒有人上前安慰他。

與愛斯基摩人、印地安人以及馬來人為伍的黑人，近晚時分來找諾亞，說：「尊敬的父親，我們想問你一個問題。那個今天拿我們尋開心的白種傢伙，我們都不喜歡他。我拜託你考慮一下：所有人類與動物，每一頭熊及每隻跳蚤，每一隻雉和每隻螳螂，包括我們人類，各個都有一個足堪表現的特質，我們藉此表達崇敬上帝並且自保，提升或者美化自己。我們看見了奇特的天賦，有些引人發噱；但即便每一隻微不足道的牲畜也都有愉悅、美麗可資展現的東西，單單這個我們首先撈起來的蒼白男人，沒有端得出來的技藝，只除了滿口古怪又自負的話、影射以及笑話之外，不但沒人聽得懂，還一點兒也不討喜。

「我們因此想問你，親愛的父親，幫助這樣一號人物在可親的大地上建立新生活是否正確？他難道不會成為一個災禍嗎？看看他的德性吧！兩眼迷濛，額上滿是皺紋，雙手慘白虛弱，臉露凶光且含悲，一副啞嗓子！確實，他不太對勁兒。只有上帝知道，是誰把這個傢伙送到我們的方舟上來！」

年邁的諾亞抬起他明亮的雙眼，注視問話的幾個人。

「孩子們，」他輕聲說，聲音中滿溢慈悲，以至於他們的表情瞬間都變開朗了，「親愛的孩子們！你們說的對，但你們所說的話對那個人很不公平！上帝在你們發問之前，已經給了答案。我必須附和，這個從發生過戰爭的國家來的男人，不是一位非常優雅的客人，有人對於這怪人必須留在船上感到不以為然。然而，創造了這種特性的上帝，想必十分清楚祂這麼做的原因。你們要多多原諒那些白種男人，是他們讓我們可憐的大地再次墮落為刑事法庭。

「看哪，上帝讓這個白種男人所懷有的意圖，就是他傳出的信號。你們所有人，你黑人，你愛斯基摩人，擁有我們希望即將在新土地上展開的生活，與你們的妻子一起，你和你的黑人女子，你和你的印地安女人，你和你的愛斯基摩女人。單單這個歐洲來的男人孤身一人，我為此悲傷許久，我想我現在領會出那層含義了。這個男人留在我們這兒，權充為警告和促進的動力，或當他是一個幽靈也無妨。他無法讓自己繁殖，除非他再度潛入多種膚色的人類潮流中。他不可能毀了你們在新土地上的生活。放心吧！」

夜幕初降，隔天東方有一座尖而小的聖山頂峰[4]從水面升起。（一九一七／一八）

4 亞拉拉特山，土耳其最高峰，位於厄德爾省東北邊界；根據〈創世紀〉，諾亞方舟在大洪水之後，最後停泊的地方就在亞拉拉特山上。

13 藤椅童話

一個年輕人坐在他冷清的閣樓，他希望成為一位畫家；但必須克服一些困難，首先他乖乖地住在他的閣樓裡，年紀長了幾歲，養成坐在一面小鏡子前好幾個鐘頭，畫他的自畫像的習慣。他已經畫了整整一本這樣的素描了，其中幾幅他還挺滿意的。

「我完全沒有受過正規訓練，」他對自己說，「所以這張可說畫得相當不錯。鼻子旁邊那條皺紋可有意思了，別人會看出我是個有見地的人，不然就是善於思考之類的。我只消把嘴角稍稍往下拉，就會顯出特有的張力，直截了當表達憂愁。」

只不過當他一段時日之後回頭再看看這些素描，他又對其中絕大部分一點兒都不喜歡了。這實在討厭，但他因而決定要追求進步，訂下對自己愈來愈高的要求。

靠著閣樓上的房間以及他房間裡或平放或直立的物品，這位年輕人過著差強人意、不完全符合他心願的日子，但一切也不至於糟得不像話。他對待他擁有的東西不好也不壞，與大部分人相似，眼中幾乎沒有那些東西，因此也就不太熟悉。

如果又畫了一幅不太高明的自畫像，他會偶爾讀點書，從書中他得知，那些與他相似，一開始以簡樸、默默無名的年輕人之姿然後揚名立萬的人，是怎麼個情況。他喜歡看這類書籍，從中讀到自己的前程。

有一天他又心情鬱悶、很壓抑，坐在家裡閱讀關於一位享有盛名的荷蘭畫家的書。他讀到，這位畫家被一種真正的熱情，或稱暴怒著了魔，完全且徹底被這種要成為一位優秀畫家的渴欲給控制住。年輕人發覺自己和這位荷蘭畫家有幾許相似之處，讀著讀著，他又發覺一些與他不十分契合的地方。譬如他讀到那個荷蘭人碰到不能在外作畫的壞天氣時，就堅定且充滿熱情地畫下所有他眼前的事物，連最不起眼的也畫。一回他畫下一雙舊的木鞋，另一回是一把老舊、歪斜的椅子，一張粗糙、未加工、普通木頭做的廚房以及農家用的椅子，嚴重破損的坐墊是麥稈編的。這張椅子，想必從未有人正眼看過它，畫家以衷心歡喜與忠實，以無比的熱情與專注，將之畫了下來，成為他最傑出的畫作之一。這本書的作者用了許多美麗又感人的字句來描寫那張畫下來的麥稈椅子。

閱讀的人在此停住，有一些他必須嘗試的新東西。他決定立刻——他是個做決定極其迅速的年輕人——模仿這位偉大畫家的例子，靠這種方式，有朝一日也成為大人物。

他環顧閣樓，留意到他其實很看不上眼那些與他同居一室的東西，他可沒找著一張歪斜、麥稈編的坐墊的椅子，也沒有木鞋，他因此消沉了一下子，垂頭喪氣，這情形與他有時因閱讀偉大人物傳記而喪失勇氣差不多：他發覺偏偏所有的零星物件、示意以及美妙的安排，那些在許多人的生命中扮演著關鍵角色的東西，他盡付闕如，簡直是一場空等待。然而不一會兒他便重新振作起來，理解到那才是他現在真正的任務：堅定不移走他艱辛的成名路。他打量小房間裡所有的物件，發現一張藤椅很適合當他的模特兒。

他用腳把那張椅子勾近自己一些，削尖他的鉛筆，拿起速寫簿放到膝上，開始畫畫。他覺得起初幾個輕描的線條便足以勾勒出形態，接下來他快速有力地加以描繪，為輪廓添幾筆厚重的線條。受到角落裡一個三角形的陰影吸引，他把它畫得很飽滿，一直這麼畫下去，直到某個東西開始干擾他為止。

他又畫了一會兒，然後他拿開速寫簿，審視他的畫。他看出，那張藤椅畫得糟透了。

他惡狠狠地畫下一個新線條，氣沖沖地盯著椅子看。不對，他氣壞了。

「你是撒旦的椅子，」他聲嘶力竭喊著，「我從來沒見過像你這樣陰晴不定的畜生！」

椅子稍微喀擦了一下，鎮定地說：「沒錯，儘管看我！我就是這個樣子，再也不會改變。」

畫家用腳趾頭踢它，椅子往後退，這會兒看起來全然不一樣了。

「笨蛋椅子，」小夥子說，「你從頭到尾都歪七扭八。」——藤椅淺笑了一下，溫和地說：「大家管這叫透視畫法，年輕的男士。」

小夥子跳了起來，「透視畫法！」他憤怒的尖叫，「現在從這張椅子跑出一個搗蛋鬼，還想當學校老師呢！透視畫法是我的事，不是你的，注意這一點！」

於是椅子不再發言，畫家大踏步走來走去，直到樓下有人生氣地用手杖敲他的地板才停。下面住著一個老先生，一位受不了噪音的老師。

他坐下來，拿出他上次畫的自畫像。但他不喜歡那張畫，他想，真實的他相貌英挺也有趣多了，確實也如此。

現在他想繼續看他的書，但書中有更多關於那張荷蘭藤椅的敘述，這令他光火。他發覺，那張椅子還真能製造出不少噪音，總而言之……

年輕人戴上他的貝雷帽，決定出去走一走。他記得很久以前，他就注意到繪畫永遠不盡如人意，人們視繪畫為苦差事和不斷的失望，到最後連世上最傑出的畫家也只能畫簡單膚淺的東西。對一個喜愛深沉東西的人來說，畫畫到最後變得不是職業了。他再一次領會到，認真地考慮浮上眼前的想法，他已經想過好幾次了，是否依著更久以前的傾向，寧願當作家算了。藤椅獨自待在閣樓，年輕的主人出去了，這讓它感到難過。它曾經希望，他倆終於可以建立良好的關係，它多想偶爾說上一句話，它也知道自己大可把一些價值不菲的東西傳授給這個年輕人。可惜現在什麼也做不成了。（一九一八）

14 王國

那是個遼闊、壯麗，但並不富庶的國家，國土上住著一個規矩的民族，性情質樸，身體強健，並且滿意自己的命運。他們沒有很多的財富、享樂，舉止不特別優雅，用的穿的也稱不上華麗，較富裕的鄰國看待這個住在廣大土地上的民族，有時不免懷有輕蔑或者譏諷式的同情心。

有幾樣人們用錢買不到，卻又是人們珍視的東西，在這個默默無聞的民族裡倒是蓬勃發展。它們發展得如此燦爛，以至於這個窮國長久下來雖然國力很弱，卻變得有名而且受到重視。

興盛發展的東西中如音樂、詩歌以及思想智慧，如同我們不期待一位偉大的智者、講道者或者詩人富有、優雅且長於交際，卻仍舊尊敬他的資質一樣，其他強大的民族也很敬重這個奇異但貧窮的民族。對該國之貧窮，以及這些些許笨拙和不聰明的人，其他民族聳聳肩膀，但卻很喜歡談論該國的思想家、詩人以及音樂家，而且絲毫不忌妒。

有一件事，一個由來已久同時引人矚目的狀況，這個民族不僅因為它備受外人嘲笑，自己也承受著痛苦與苦難：就是這個美麗國家的諸多不同部族從古至今都不和睦，一天到晚發生爭執，互相猜忌。即便不時出現一下這種想法，而且經由這個民族最優秀的男人之口說出來：大家應該團結，致力於友善、共同的工作，然而一旦想到諸多部族中一支，或者某部族的王侯有意超越其他人，大部分的人就十分厭惡，所以國家始終都沒有統一。

一位嚴酷壓迫他們國家的王侯與征服者被打敗的時候，看起來把國家帶向統一的時機終於到了。但人們不消多時便吵翻天，許多小王侯抗拒統一，王侯們的臣民從他們那兒得到不少好處，譬如官職、頭銜以及彩色絲線，況且人們一般而言尚稱滿意，於是不太支持改革。

這期間全世界都在翻天覆地，猶如從第一架蒸汽機的煙霧中蹦出來的一個鬼魂或疾病，徹底改變所到之處的生活型態。全世界都在工作，孜孜不倦，由機器治理，不斷推動新的工作。新的財富於焉形成，發明機器的那一部分世界比以往掌握了更多統治世界的權力，憑藉其威力瓜分其餘的土地，至於不夠強大的人，當然空手離去。

忽然間所有的事物有了不同的發展，向來在要求統一時稍嫌微弱的聲音，其實不曾歇止。一個偉大、有威望的國家領導人出現了，因為輕鬆征服一個幸福、強大的鄰國而實力大增，而該國的幾個部族聯合起來組成了一個新的遼闊王國。夢想家、思想家以及音樂家的窮苦國家這會兒覺醒了，變得富庶、幅員廣大、團結一致，與強壯的友邦分庭抗禮，開拓自己的生涯。外頭寬廣的世界已經沒多少東西可資竊取和竭力爭取，新崛起的勢力又發覺，更遙遠世界的小塊地產也都被瓜分了。

但是，到目前為止在緩慢地征服該國的機器，其智慧令人驚異地花開正盛。整個國家和民族迅速產生變化，變得遼闊、富裕、強大，而且令人畏懼。它累積了財富，用配備三倍之多武器的士兵、火砲以及要塞來看守。不久鄰國恢復了元氣，使得新起之秀不安、猜疑以及恐懼，因為別國也開始築寨柵，準備了火砲及戰船。

然而這不算最糟的，因為他們有足夠的錢築起堡壘，但沒人想發動戰爭，只不過為所有可能發生的情況武裝自己，因為有錢人喜歡看到他們的錢有銅牆鐵壁保護。

這還不是這個新興王國遇到最糟的事情，這個在世界上長期被嘲弄，同時也受尊敬，擁有如此多的智慧，卻也擁有極少的錢財的民族——這個民族現在才知道，有錢有權是件多麼美好的事。它建設並且撙節開支，從事貿易也借錢給別人，人人都希望迅速致富，唯恐錢不夠多。有碾磨機或鍛造車間的人，說什麼也要快快開一間工廠；原本雇了三位夥計的人，現在必須雇上十或二十位，不少人很快擴充至幾百和幾千位工人。那麼多雙手和機器幹活的速度愈快，也就能更快聚集錢財——每一個懂得靈活積攢的人皆如此。因此，許許多多的工人再也不是某位師父的學徒工或雇員，反而落入強制勞作與苦役之中。

其他國家情形也差不多，車間變成工廠，師傅搖身一變成了老闆，工人成了奴隸。世上沒有哪個國家能脫離這種命運。新的王國的命運亦同，世界上新的精神與動力隨其形成而崩潰了，舊時代倏忽不見，古老的財富消失了，它像一個缺乏耐性的孩子進入這個新的快速時代，雙手不得閒，不停工作，遍地黃金。

雖然常有人提出警告並催促這個民族：它已走上歧途。那些人提醒大家回憶過往的時代：國家寧靜不張揚的美譽，它所傳送的精神特性，而它一度藉此統理國事，想想那些它曾經將之餽贈給世界，始終高貴的思想、音樂以及詩歌潮流。

但是，剛發財的人一笑置之。世界是圓的，不斷旋轉，倘若祖先們寫下美妙的詩歌與哲理，很好啊，但兒孫輩希望向大家展示，這片國土上的人也有別的能耐。於是他們在幾千家工廠裡捶打、燒鍋爐，製造出新的機器、新的鐵路，新貨物，以及針對所有情況而不斷製造的新的武器和火砲。所有的王國與自己的百姓相距遙遠，可憐的工人有孤軍奮鬥的感覺，遂不再想自己的同胞了，雖然他們是其中的一員，眼下卻只關心自己，所思所想以及所追求的，全都只為了自己。至於那些為了抵禦外敵而購買了火砲及火石的有錢有勢之輩，很高興自己準備周全，因為現在國內的敵人可能比外敵還更危險呢。

這一切都在那場持續數年之久，使得世界荒蕪一片的巨大戰爭中結束了，我們現在仍立於廢墟和斷垣殘壁之間，因其噪音而失去感覺，為其荒唐而憤慨，出現在我們每一場夢境中的如注血流場景，則使我們生病。

戰爭結束了，新興王國懷著熱情與自負上戰場的子弟都累垮了，仗打贏了，贏得漂亮。勝利者要求和平談判之前，從戰敗的民族獲得一份厚重的貢品。因此，當被擊潰的軍隊日以繼夜潮水般返回時，迎向他們的，是從故鄉開出的長長火車，裝載著截至目前為止的權力象徵，要運到打勝仗的敵人那裡。機器和金錢從戰敗的國家奔流而出，流到敵人的手中。

當此之時，打贏的民族瞬間思及最艱難的困境，領導人與王侯們都被驅逐出境，王國自行宣布自治。它訓練了議員，然後宣布它的意願：要憑藉一己的力量以及精神智慧來適應這場災難。

受到這場考驗而變得成熟的這個民族，今日仍不確定應該走哪一條路，誰又當上領導以及協助者。但老天知道，祂知道為何祂透過這個民族，又透過全世界，送來了這場戰爭的損失。

昏天暗地的日子裡有一條路出現了，一條這個民族必須走的道路。

王國不可能重新當小孩，誰也不行；它不能單純的交出火砲、機器以及金錢，然後在太平的小城市裡寫詩、彈奏鳴曲。但它可以像每一個做錯事因此飽受折磨的人那樣，走上這條路。它記得到目前為止行過的道路，它的來歷與童年，成長茁壯的過程，輝煌與沒落，可以在回憶這條路上找到它天生就具有、不會遺失的力量。

王國必須如同信仰虔誠的人所說的「回歸自己」，在自己身上，從內心深處尋出它未遭破壞的本質，這種本質將不會棄它於不顧，相反的，本質會贊同它，並且從它再度尋獲的強項以及內心深處重新開始。

一旦它這麼決定了，當這個被擊垮的民族樂意且正直地走上這條命運之路，就會有些曾經有過的東西，修復之後又活躍起來。再一次的，它會發展

出一條安定的大河來，流進如今仍為敵人的世界裡，未來敵人們細聽這條大河的聲音時，將重新受到感動。（一九一八）

15 皮克托的變化

皮克托才踏進天堂，他站在一棵樹的前面，這棵樹既是男人也是女人。皮克托恭敬地向這棵樹問好，問：「你就是生命樹嗎？」當那條蛇想代替樹回答時，他走開了。他睜大眼睛，周遭的一切他喜歡得很，他很明顯地感覺到，他在故鄉，在生命起源的地點。

他又看到了一棵樹，一棵既是太陽也是月亮的樹。

皮克托說：「你就是生命樹吧？」

太陽點點頭，笑了；月亮點點頭，微笑。

最漂亮的那朵花盯著他看，色彩繽紛，光線絢麗，有好多雙眼睛，好多張面孔。有些點頭笑，有些點頭微笑，其他則不點頭也不微笑：它們默默喝醉了，陷入沉思，沉醉在自己的氣息中。其中一人唱薰衣草之歌[1]，另外一位唱深藍色的安眠曲。其中一朵花有藍色的大眼睛，另外一朵則讓他想起初戀；一朵聞起來有兒時花園的味道，像母親的聲音散發出甜美的氣味；另一朵朝他微笑，吐出又紅又彎的長舌頭。他舔了那舌頭，味道濃烈有野性，如松脂和蜂蜜，也似女人的吻。

皮克托站在這些花中間，滿懷渴欲及不安的喜悅。他的心好像一座鐘，沉沉地敲著，用力敲著；他的心渴望著陌生的事物，渴望進入魔幻世界。

一隻鳥看見皮克托坐著，看見他坐在草上，映射出好多顏色，所有顏色似乎屬於這隻美麗的鳥兒所有。他問這隻斑斕的鳥兒：「哦，小鳥，快樂在哪裡呀？」

「快樂呀，」美麗小鳥金色的喙子笑了笑，「快樂，哦，朋友，到處皆有，在山上和山谷裡，花和水晶之中。」

愉快的鳥兒說這些話的同時，抖動牠的羽毛，縮縮脖子，擺動一下尾巴，眨眨眼，又笑了一聲，然後動也不動坐著，靜靜地坐在草上，看哪：小鳥現在變成了一朵鮮豔的花，羽毛變成葉子，鉤爪變成了根莖。在閃閃發光的五彩之中舞著跳著，牠成為了一株植物。皮克托驚訝地觀看。

鳥花立刻揮舞著它的葉子與雄蕊，但又厭倦成為花朵，它沒有根了，所以很容易活動，慢慢地往上飄，變成一隻亮晶晶的蝴蝶飄來盪去，沒有重量，沒有光，臉蛋亮晶晶。皮克托張大了眼睛。

這隻新的蝴蝶、快樂繽紛的鳥花蝴蝶，光亮的五彩臉蛋繞著詫異的皮克托飛翔，在太陽下閃閃發光，像一片雪花緩緩降落在地上，緊緊挨著皮克托的腳坐著，輕柔地呼吸，閃亮的翅膀些微顫抖，不一會兒就變成了一塊彩色的水晶，稜角射出一種紅光。青綠的草和藥草發出美輪美奐的光，明亮得像慶典上連續不斷的鐘聲，像紅色寶石。它土地深處的故鄉似乎在呼喚它；於是它迅即變小，眼看就要陷落下去了。

受到強大無比的熱望所驅使的皮克托，抓住那塊將消失的石頭，拾了回來。他心蕩神馳注視那道彷彿閃進他內心的神奇光芒，預感到所有的至福至

1 源起於一九二〇年德國的第一首同性戀讚美詩歌。

樂。

蜷縮在一棵枯死樹上的一條蛇忽然對著他的耳朵發出嘶嘶聲：「這塊石頭能把你變成你想要的樣子，快告訴它你的願望，免得太遲了！」

皮克托嚇了一跳，擔心錯過了好運，他火速說出那個字，然後變成了一棵樹。他時不時希望自己變成一棵樹，因為他覺得樹木能讓他靜下心來，給他力量與莊重。

皮克托變成了一棵樹，他的根扎進土裡，他向上抽高，從樹身長出葉子與枝幹，他非常滿意這一切。他乾渴的纖維深入清涼的土裡喝水，樹葉高飛上藍天，甲蟲住在他的樹皮上，兔子和刺蝟住在他的腳上，鳥兒在他的枝幹上築巢。

皮克托這棵樹很快樂，根本不管過了多少年。在他留意到他的快樂並非百分之百之前，不知不覺許多年已過，他很慢才學會用樹的眼睛觀看，終於看得深看得遠了，他卻變得很悲傷。

他看見，天堂裡大部分在他周圍的生命經常變來變去，一切都在一條永遠在變化的魔幻大河裡流動，他看見花朵變成寶石，或者變成閃爍的蜂鳥飛過去。他看見鄰近的幾棵樹驀地失蹤：一棵流散到了源頭，另一棵變成了鱷魚，再另外一棵樹從這裡變成一條魚，開始以新的外表、新的遊戲，開心、冷靜、樂趣無窮、神清氣爽地游泳。大象和岩石交換衣服，長頸鹿與花朵交換體態。

至於他自己，樹木皮克托，始終保持原樣，他無法再變了。自從他認知到這一點以後就不復快樂；他開始老化，愈來愈容易疲倦、嚴肅、傷春悲秋；別的老樹身上也能觀察這些現象。馬匹、小鳥以及人類身上每日也能看得見：當他們不再具備改變的才能，便隨著時間陷入憂傷與枯萎之中，原來的美貌也跟著消逝。

有一天一個金髮藍眼的年輕女孩走錯路，來到了天堂附近，金髮女孩在樹下又唱又跳，在這之前她從未希望自己具備改變才能。

幾隻機靈的猴子笑吟吟跟在她後頭，幾株灌木用卷鬚溫柔地摩娑她，有的樹趁她不注意，拋給她一朵花、一顆榛子、一個蘋果。

當樹木皮克托瞧見這個女孩時，一股強烈的渴念攫住了他，是他從不曾感受到的快樂渴望。他同時陶醉在深度思考之中，因為他好像覺得自己的血液在呼喚：「考慮清楚！回想你這輩子的那個關鍵時刻，尋思出箇中意義，否則就太晚了，而且再也不會有好運降臨你身上。」

他聽清楚了，他回想起自己的出身，他做為人的歲月，他到天堂來搭乘的火車，尤其特別的是他變成一棵樹的剎那，他手上握有那塊魔石那妙不可言的一瞬間。那時候，他愛怎麼變，就怎麼變，生活充滿前所未有的熱情！他想起彼時呵呵笑的那隻鳥，想起那棵集太陽與月亮於一身的樹；他突然了解彼時他錯過了什麼，忘記了什麼，所以那條蛇的建議不好。

女孩聽見樹木皮克托的葉子沙沙作響，她抬眼望他，感受到心中驟起的痛苦，從心底激起新的思維、新的夢想。受到這股陌生力量的牽引，她坐到樹下去。她覺得他好孤單，孤單又悲傷，緘默的憂傷中卻有一種美麗、感人與高貴；樹梢輕微沙沙作響的歌聲讓她著迷。

她靠著粗硬的樹幹，用心靈直視樹的內在，在自己心中感覺到相同的寒冷。她的心罕有地疼痛；雲朵在她心靈的天空上飄浮，慢慢地流出了幾滴熱淚。這到底怎麼回事呢？為什麼有人要受這些苦？為什麼那顆心渴望躍進胸膛，在那兒為他神魂顛倒，為他美麗的寂寞而癡迷？

樹悄悄打顫，連樹根都在發抖，他使盡全身力氣對著女孩，熱切期盼與她訂盟。唉，他被那條蛇給耍了，竟以為自己會永遠只對一棵樹用情至深！噢，他多盲目，多傻啊！對此他一無所知，是因為他完全不識生命的祕密嗎？不對，以前他就模模糊糊感覺得出來，也有預感——唉，現在他想到這棵樹時，憂愁中也確實理解了，樹是由男人和女人組成的！

一隻鳥飛了過來，一隻紅中帶綠的鳥，一隻漂亮鎮定的鳥飛來，牠是被轟過來的。女孩看到鳥在飛，看見有個東西，從牠的喙子掉了下來，一個發出紅似血、紅的像晚霞的東西，掉落到綠色的藥草上，在綠色的藥草中閃爍著如此熟稔的光亮，那紅光如此吸引人，女孩不禁彎下身去，將那紅色的東西拾起來。是一塊水晶，一塊紅色石榴石，有它在的地方就不會黑暗。

女孩才把魔石放在白皙的手上，把他的心裝得滿滿的那個願望立刻就實現了。出神的美麗佳人掉進去，與樹合而為一，像一根初發的強壯分枝從他的樹幹長出來，很快就竄得和他一樣高。

現在萬事俱好俱全，世界井然有序，他直至現在才找到天堂。皮克托再也不是一顆又老又發愁的樹了，現在他朗聲唱著皮克托利亞、維多利亞[2]。

他變了，這一次他完成了正確、永恆的變化，從半個變成了一個整體，所以從那一刻起，他就不斷地想變成什麼就變成什麼。變化的魔幻大河持續流過他的血液，他永遠有一部分屬於每小時重新建立的傑作。

他曾經變為麋鹿、魚，曾經當過人、蛇、雲以及鳥。無論哪一種形態，他都是一個整體，是一對，有月亮和太陽，既是男人也是女人，以雙子河之姿流經土地，是掛在天上的雙子星。（一九一二）

2 羅馬神話中司勝利的女神名。

16 周幽王

一個源自古老中國的故事

中國的古老故事，不太常以因為受到女人的影響，或者因為愛上了誰，導致王朝衰亡的統治者和政治家為題材，而極其罕見的例子中，有一個關於周朝的幽王和他妻子褒姒的故事。

周朝的西邊與幾個蒙古蠻人建立的國家接壤，京城豐鎬則位於一個很不安定的區域中央，時常因為遭受野蠻部族襲擊、偷盜而被棄守。所以，有必要考慮盡可能加強邊防，好好保護京城。

關於周幽王，他是個不算糟的政治家，知道要聽取優秀顧問的意見，歷史書籍告訴我們，他深諳以巧妙的設備來平衡邊境缺失之道，但是，所有這些匠心獨具、令人驚嘆的設備，卻因為一位美艷的婦人而再一次化為烏有。

幽王靠所有諸侯的幫助，於國境之西設置了一個邊防，這個邊防要塞同時也扮演所有政治形象中的雙重角色：一個道德上的，一個傳動裝置的角色。意見一致的道德基礎是諸侯及其官員的誓約，以及雙方的信賴，訂約的每一位諸侯在收到第一次警報時，都有義務立刻派兵趕赴，保護京城和幽王。

至於傳動構造，由設計完美周到的塔樓系統組成，就建在西邊的國境上，供周幽王使用。每一座墩台上必須日夜有人看守，並且配備了強韌的鼓。一旦邊境任何地方發生了外敵入侵事件，距離最近的墩台的士兵就擊鼓，鼓聲從一個墩台傳至下一個墩台，如此，信息在最短時間內就可傳遍全國。

周幽王有很長一段時間頻繁運用這個聰明、功能絕佳的設備，他與諸侯們會談，聽取建築師傅的報告，規定邊境士兵反覆練習防衛任務。

他有一個最心愛的女人名叫褒姒，一位美艷的女子，她懂得如何讓自己對君王的心與感官多增加一些影響力；對一位統治者及其國家而言，這種影響力未免不太妙。褒姒對邊境的防禦工事不但好奇，還十分關心，她跟著君王出行，偶爾像一個活潑聰慧的女孩，懷著讚嘆與熱情看著男孩們玩耍。

一位建築師傅為了要讓整件事更有看頭，用黏土做了一個迷你邊防模型，塗上顏色燒製，然後送給她。邊境、墩台系統，如實呈現模型上，每一座纖巧的黏土墩台內都站著一位非常小的黏土製成的守衛，並且懸掛著一座小巧的鐘來取代鼓。這個漂亮的玩具讓君王的妃子愛不釋手，有時候她心情欠佳，宮女們就建議她玩「犬戎來了」的遊戲。她們於是把所有的小墩台都擺出來，拉一拉短小的鐘，大家都玩得很開心，情緒得到宣洩。

所有的工事完成，鼓一面又一面擺放妥當，操作的人也都訓練有素，然後按照先前約定好的，擇定一個黃道吉日舉行新的邊防預演，預演那天是這位君王此生中的一個大日子。君王對他的作為感到十分自豪，非常緊張；大臣們已經站好了要獻上祝福，人人熱烈期待，而心情最激動的，要屬美麗的女人褒姒了，她簡直等不及所有的準備儀式以及臣子傳召悉數舉行完畢。

終於差不多了，平素讓這位妃子樂在其中的遊戲，現在，每一座墩台和每一面鼓就要真槍實彈地演練起來。她幾乎忍不住想要加入這場遊戲，發號施令，她開心又激動得要命。一臉肅穆的君王對她使了個眼色，她因此克制住自己。真實的墩台、真實的鼓以及真實的人，演練「犬戎來了」的時刻到了，要看看大家如何防衛。君王示意，首席官員[1]將命令傳達給騎兵隊隊長，隊長騎馬到第一座墩台前，下令擊鼓。咚咚咚的鼓聲震天嘎響，聽在每人的耳中既莊嚴又沉重。褒姒的臉因為興奮而轉為蒼白，全身發起抖來。龐大的戰鼓敲擊出雄壯的地震之歌，一首充滿警告和威脅的歌，透露著充滿不可知的未來，戰爭與困苦，害怕與滅亡。大家心存敬畏聆聽鼓聲，現在鼓聲漸歇，然後大家聽到下一座墩台的回答，聲音遙遠微弱，很快就消失了，接下來就再也聽不見什麼了。過一會兒之後，莊嚴的靜默宣告結束，又可以說話了，大家走來走去，開始聊天。

這當兒，那低沉、威嚇的鼓聲從第二座墩台傳到第三座，第十座以及第三十座，鼓聲所及之處，根據嚴格的規定，每位士兵必須立刻武裝起來，帶著裝滿大餅的袋子到集合地點排隊，每一位隊長與上校不得耽擱片刻，準備開拔，全速前進，必須把已經責成的命令傳送至國內。鼓聲傳至何處，那個地方的人無論正在工作、吃飯、遊戲或睡覺，都必須停下來整理行囊，為馬套上鞍、集合、行軍和騎馬，所有鄰近區域的軍隊要在最短的期限內趕往京城豐鎬。

豐鎬的宮廷裡，令人喪膽的鼓聲在每一個人心頭所引起的激動與緊張，沒過多久便又放鬆了。人們在京城的花園裡走動，興奮地聊天，整座城市放假一天，不到三小時之後，京城的兩側又有或大或小的騎馬隊伍過來，然後每一小時都有新的隊伍經過，一整天都是這樣，往後的兩天亦同，君王、臣子以及官員愈來愈振奮，數不清的人向君王致敬，獻上祝福，建築師傅獲賜一頓宴飲，老百姓為第一座墩台的鼓手，敲下第一記鼓聲的那位，獻上花環，帶他上街遊行，人人致贈禮物給他。

所有人之中，無限神往、如癡如醉的要屬君王的妃子褒姒。她的小墩台與迷你鐘遊戲一旦放在真實情境中，比她所能想像的壯觀多了。那道包覆

1　以西周官制來看，應是太宰。

在鼓聲廣大聲浪中的命令實在太神奇了，雖然消失在空曠的土地上，但它從遠方傳回來的效果強勁有力、栩栩如生又巨大。每一面鼓令人心頭一驚的怒吼，化為一支軍隊，一支由成千上百位配備精良武器的士兵組成的軍隊，以穩定的氣勢、持續的快速動作，從地平線騎馬、行軍過來：弓箭手、輕裝與重裝騎兵、持長矛的士兵，逐漸把整座城市的所有地方都填滿。老百姓去士兵們接受款待、駐留的地點，有士兵紮營、升起火堆的地方，向他們致意。這樣一來，想不引起的騷動也難，而且騷動愈來愈多，日以繼夜進行著。他們好似童話裡的幻影，從灰色的地面出現，模糊不清、微小、灰塵滿布，為的是最終到達這裡，在君王以及著迷的褒姒的眼前，在動人心魄的真實情境裡排列整齊。

幽王非常滿意，尤其滿意他心愛的女人如此癡狂；快樂讓她光芒四射，有如一朵花，他從未覺得她如此美艷過。

宴會總有結束的時候，最盛大的宴會也漸漸遠去，退出了日常生活；再也沒有驚奇，沒有已實現的童話夢境。閒著沒事、情緒多變的人覺得這樣很難受，慶典過後幾星期，褒姒的心情壞透了，自從她欣賞過大型的遊戲，玩玩黏土做的小墩台和用細繩拉迷你鐘變得乏味極了。喔，大型遊戲多讓人陶醉呀！若要重複令人欣喜的遊戲，一切已然就緒；屹立的墩台上掛著鼓，士兵上崗，穿制服的鼓手坐著，大家都在等待，翹首偉大的命令，只要命令不下來，一切均死寂，派不上用場！

褒姒失去了笑容，失去了興高采烈，君王快快地看著他最心愛的女伴，他夜晚的慰藉已不復存。他必須挖空心思送禮物，才有可能換來她淺顰一笑，現在到了他明白情勢所在，為了小美人兒犧牲職責的時刻了。幽王性格懦弱，他認為什麼都比不上讓褒姒恢復笑容來得重要。

他屈從於她的誘惑，過程緩慢，有時他抵抗，但他最終仍舊屈服了。褒姒使他忘了他的職責。他屈從於她上千次反覆提出的請求，決定滿足她心中唯一的遠大願望；他批准發送敵人來犯的信號到邊防崗哨。於是不多久，低沉、激盪人心的戰鼓聲就會響起。這次的鼓聲聽在君王耳裡很可怕，褒姒也嚇了一跳。接下來，精采的遊戲重新來一遍：天邊有塵土在飛揚，軍隊或騎馬或行軍來了，統帥們向君王鞠躬，士兵們的帳篷搭了起來，歷時有三天之久。褒姒開心得不得了，笑得很燦爛。周幽王的日子卻不好過，他必須承認根本沒有敵人來犯，一切安好。雖然他試圖拿警報錯誤來辯駁，將之解釋為有益的訓練。沒有人反對他的說法，大家鞠躬並且隱忍。然而官員之間傳言，背信忘義的君王戲弄了他們，讓整個邊境拉起警報，讓全體動員，只是為了討他姘頭歡心。於是大部分官員意見一致，未來不再遵守這樣的命令。這期間君王努力藉豐美的宴飲來修復軍隊裡惱怒的氣氛。總之，褒姒的目的達到了。

在她再次心情欠佳，重新玩起那不負責任的遊戲之前，他和她都受到了懲罰。西方的蠻族，也許純屬意外，也許是這個故事的消息傳到了他們那裡，有一天突然大舉騎馬越過邊境。墩台毫不遲疑發出信號，低沉的鼓聲急切地警告，一直傳到最遙遠的邊境去。但是這個傑出的玩具，令人讚嘆的傳動裝置，這回似乎瓦解了——鼓聲仍隆隆，但這個國家的士兵以及官員的心闃然無聲。他們沒有遵循鼓聲行動，君王和褒姒四顧茫然；沒有任何一個地方塵土飛揚，無論哪個方向，都沒有小型的灰色隊伍潛行，沒有人來馳援。

京城裡僅有少數幾支軍隊，君王率領他們趕去迎戰犬戎。但敵軍人數非常眾多；他們擊垮了幽王的軍隊，拿下京城豐鎬，還摧毀宮殿，破壞了墩台。周幽王失去王朝與生命，他心愛的女人褒姒的境遇也一樣，直至今日，她導致毀滅的笑容仍流傳在故事書中。

豐鎬被毀，遊戲變得嚴酷。再也沒有打鼓的遊戲了，沒有周幽王，沒有微笑的褒姒。幽王的繼位者周平王，除了放棄豐鎬並遷都至東邊之外，找不出別的解決辦法；他必須藉由與諸侯結盟，藉著割讓大片土地收買諸侯，才能確保他的地位。（一九二九）

17 兩兄弟

從前有一位父親，他有兩個兒子，一個兒子英俊又強壯，另一個瘦小、身有殘疾，父親因此看小兒子很不順眼。小兒子一點兒都不喜歡這樣，決定走得遠遠的，要到廣大的世界徒步旅行。他走了一段路之後，碰到一位駕車的人，他問那人要上哪兒去，駕車人告訴他，他要把小矮人的珠寶送到玻璃山去。小兒子問他報酬為何？得到的答案是，駕車人獲得的報酬是幾顆鑽石。於是小兒子也很想去找小矮人，就問駕車人，以他看，小矮人會收容他嗎？駕車人說他不知道，但他可以帶他去。他們終於來到玻璃山，小矮人的監督者送了好多東西感謝駕車人的辛勞，然後放他離開。監督者注意到小兒子這個人，問他有何貴幹？小兒子把所有的事都講給他聽。小矮人說，他儘管跟隨他。小矮人歡歡喜喜收容了他，他過起非常美滿的生活。

現在，我們也想看看另外一位兄弟，他在家裡過得其實很不錯，但當他長大之後，加入軍隊並且上了戰場。他的右手臂受了傷，從此必須行乞。這個可憐人有一天也來到了玻璃山，看到有一個殘疾人站在那兒，卻沒料到那是他的弟弟。弟弟立刻認出他來，問他有何貴幹？「喔，先生，若有一塊麵包皮，我就滿意了，我實在餓呀。」「跟我來，」弟弟說，接著走進一個牆壁鑲嵌了鑽石而閃閃發光的洞穴。「如果你靠自己的力量挖得下來的話，就可以獲得一個手掌大小的鑽石，」殘疾人說。乞丐試著用他那隻無恙的手鬆動上面嵌了鑽石的岩壁，想當然行不通。弟弟說話了，「也許你有一個兄弟，我准許你找他來幫忙。」乞丐哭了起來，說：「我確實曾經有過一個弟弟，他瘦小，身體畸形，像您一樣，但他好親切、友善，他一定會幫我，但我無情地遺棄了他，而且好久沒有他的消息了。」弟弟說：「我就是你的弟弟，你不會受苦的，留在我身邊吧。」（一八八七）

18 城市

第二列載著人、煤炭、工具以及生活用品的火車抵達昨天新鋪設好的鐵道線時，工程師高喊「向前！」。大草原在金色的陽光照耀下，微微發紅，高高的森林山區站在地平線上，藍煙氤氳。野狗和驚愕的大草原水牛盯著看，這片荒地的工作和混亂日益增加，綠色大地上又如何產生了煤炭、灰、紙以及鐵皮的地段。

第一把刨刀尖銳的聲音傳遍飽受驚嚇的土地，第一次火砲單發的射擊聲在山區漸漸歇止，第一塊鐵砧在榔頭快速敲打下發出清脆的聲音。一間鐵皮蓋的房子出現了，隔天出現了一間木頭房子，其他的房子，每天都有新屋落成，不久後也出現了石屋。野狗和水牛離得遠遠的，這個地區被馴化後變得肥沃，第一年春天吹過平地的風就飽含青綠的原野氣息。庭園、棚屋以及倉庫一一隆起，街道把荒地分隔成好多塊。

火車站蓋好也啟用了，政府大廈、銀行，不到幾個月內，鄰近地區稍後建立的姊妹城有更多的設備完成。各地的工人、農夫、城裡人都來了，商人和律師，傳教士與老師也來了，一所學校、三個宗教社團、兩份報紙，陸續成立了。西邊發現有油礦，這座年輕的城市變得富裕。又過了一年，有了扒手、皮條客、闖空門的，一間百貨店、一個禁酒聯盟、一位巴黎裁縫、一間巴伐利亞啤酒館。鄰城的競爭力加速了這一切，從選舉話題到罷工，從電影院到招魂者協會，應有盡有。城裡買得到法國葡萄酒、挪威鯡魚、義大利臘腸、英國衣料、俄國魚子醬，二流歌手、舞者以及音樂家巡迴演出時，總會來到這個地方。

慢慢的，文化也來了，一開始這座城市只是創立，逐漸紮下根基。這裡有一種問候的方式，遇見時相互點頭注視，略與其他城市的方式不同。參予建立這座城市的男人們受人尊敬與愛戴，他們綻放出些許高貴的光芒。一個年輕世代長大了，他們覺得這座城市已經是座老城，簡直像發軔於亙古的故鄉。在此地敲下第一記響亮的榔頭聲，發生第一樁謀殺事件，舉行第一場禮拜，印刷第一份報紙的時刻，成為遙遠的過去，已經是歷史了。

這座城市將自己提升為鄰城的統治者，成為一個廣大地區的首府。昔日灰塵滿天與積水處處，用板子和瓦楞鐵皮蓋起來的第一批房子的地方，現在是寬大流暢街道上一間間嚴肅、令人肅然起敬的公務機構，銀行、劇院以及教堂蓋了起來，大學生漫步到大學與圖書館，救護車靜靜地開往醫院，一位議員的車子備受矚目，民眾向它致意，每年到了這座名聲顯赫城市的創立紀念日，人們會在二十所用石頭與鐵建築而成的寬闊校園內唱歌演講以示慶祝。現在，往昔的大草原覆蓋上田野、工廠、村落，橫貫著二十條鐵路線，山區移近了些，透過一條直達山隘心臟的登山鐵道來開發。有錢人在離海很遠的地方蓋了避暑別墅。

建城一百年之後，一場地震把這座城市抛到地上，包括小的區域。它重新興起，所有木頭蓋的，現在為石製，一切小的，現在都增大，交易所成為本洲最大，建築師與藝術家運用公共建築、公園、噴泉和紀念碑裝飾這座更新過的城市。隨著新世紀到來，這座城市贏得國內最美也最富城市的名聲，它同時也是一處名勝。別的城市的從政者、建築師、技術人員以及市長，紛紛旅行至此，以便研究這座著名城市的建築、自來水管、市政管理，以及其他種種設施。

此時，新的市政廳的建築工程動工了，它將是世界上最大也最富麗堂皇的建築物之一，那個時代出現的財富以及都會專屬的自豪，連同蓬勃發展的一般品味，其中又以建築藝術和雕塑為最，巧妙地相遇，使得這座迅速成長的城市成為一個時髦、令人滿意的奇蹟。城內各區域，各區的建物無一例外，都使用一種高貴的淺灰石塊建成，外圍有賞心悅目的公園形成的一條寬闊綠帶，這個圓環的每一邊都有街道和房屋，一直延伸到空曠處及農村。

有一座碩大的博物館受到眾多參觀者讚賞，館內有一百間廳堂、庭園和大廳，把這座城市從形成到最近的發展之歷史一一展現出來。這地方的第一個寬敞前院所陳列的就是以前的大草原，上頭有悉心照拂的動植物，以及最早以前的簡陋住屋之原貌、巷弄以及各項設施。城裡的青年溜達到此，參觀他們歷史的進程，從帳篷到木板搭的棚屋，從第一條不平坦的路到亮麗的城市馬路。在老師帶領及教導下，他們從中學習，明白了發展的精采法則與進步，從粗糙到精緻，從動物到人，從粗鄙無文到教養良好，從匱乏到豐富，從自然到文化等產生的過程。

在接下來的世紀裡，這座城市達到輝煌的巔峰，豐饒富庶，快速進步，直到較低階層民眾訂下一個目標並發動流血革命為止。暴民放火燒離城幾英里遠的大型煉油廠，導致國內的工廠、庭園以及村落，有的盡付一炬，有的則荒廢了。城市本身雖然經歷各種大屠殺和殘暴行為，但都熬了過來，而且在理性的世紀中再度緩慢復興，卻無法重振以往無憂無慮的生活以及時髦漂亮的建築物。

就在他們難熬的日子裡，海洋另一端的一個遙遠國度興盛了起來，運來穀物和鐵、銀以及其他的寶藏，他們的土壤肥沃，用之不竭，很樂意提供產物。這個新興國家把舊世界尚未派上用場的力氣、追求與願望，統統吸引了過去，一夜之間，該國的土地上出現一座座城市，森林消失了，瀑布噤聲。

這座美麗的城市慢慢地變窮，再也不是一個世界的心和腦，再也不是許多國家的市場與交易所。只要還能維持存活，於新時代的噪音中不至於失色，他們就應該滿意了。他們不大踏步邁向遠方的新世界，多餘的力氣再也不用來耕種和征服，也不太做買賣及服務了。取而代之的，是現在這個變老的文化土壤裡，一種有文化有智慧的生命正在萌芽，教師與藝術家從這座沉靜下去的城市出走，畫家與詩人亦然。這些人的後代，曾經在新生的土地蓋起第一批房子的人，微笑度日，在大器晚成充滿智慧的樂趣與志向中奮力向上，為老舊生苔的花園畫出含憂的華麗，配上歷經風霜的塑像和流水，唱著關於古老英勇時代已然模糊又雜沓的溫柔詩句，或者唱一些關於古老宮殿裡疲累人們沉入安靜夢鄉的歌。

如此一來，這座城市的名字與名聲重新在世上響起。若外界發生的戰爭使各民族震驚，他們忙碌地做大事，這裡的人懂得在沉寂偏遠的環境中擁有和平，悄悄地讓往昔的輝煌重現曙光：靜靜的街道，枝頭上開滿了花，外牆顏色如四季的大型建築物在安靜的地方好夢方酣，輕音樂中玩耍的水濺到長滿青苔的噴泉圓盤上。

又過了好幾百年，對較年輕的世界而言，這座睡夢中的城市成了一個受尊敬也受歡迎的地方，詩人歌頌它，情人到此一遊。城內老一輩本地家庭的後代開始凋零，或者乏人照管；它早就在上一個文化繁榮期達到了目標，剩下的就只有腐敗的組織了。較小的鄰近城市更早之前就徹底消失了，變成一堆堆死寂的廢墟，吉普賽人和逃跑的罪犯偶爾借住一下的地方。

一次地震之後，這座城雖然得以自保，但河流的流向移動了，一部分荒地變成了沼澤，另一部分則變得乾旱。在頹圮的老採石場和鄉間房屋成了碎片的山區，那座森林，老林子，慢慢地陷下去。它看見廣大的地區一片荒涼，慢慢地一塊接一塊把綠色的區域挪過來，用盎然的青綠使這裡覆上一片沼澤，又在那裡用新長的強韌針葉樹蓋住碎石地。

到最後城裡沒有人居住，只除了流氓惡棍，心懷不軌、粗野的民族，在舊日傾斜、下陷的宮殿裡勉強棲身，同時也在從前的花園與街上放牧他們瘦瘠的母山羊。連最後一批居民也逐漸因罹病或癡呆逝去，打從沼澤化以來，全區染上寒熱病，為人所遺忘了。

一度是那個時代引以為傲的市政廳，剩餘的部分仍然昂然挺立，各種語文的歌曲頌揚它，它成為鄰近民族數不清傳說的發源地，那些民族的城市也早就無人聞問了，文化變質退化了。這座城市的名字，曾經有過的繁榮，仍然出現在兒童鬼故事以及憂鬱的牧人歌曲中，曲解變形，鬼魅一般。正值繁華時期的遠方民族，他們的老師偶爾會展開危險的探查之旅到廢墟來，遙遠國度學校裡的男孩們熱切地談論那些斷垣殘壁的祕密。那邊的大門是用黃金做的，墓碑上鑲了滿滿的寶石，而這一帶的野蠻游牧部落應該把神話時代以來消失已久、千年之久的一種魔幻藝術殘餘保存了下來。

森林繼續從山區陷入平地，湖與河流形成之後又消逝，森林向前推擠，緩慢地攫住並覆蓋住整個國家，剩下的部分老城牆、宮殿、寺院、博物館，狐狸與貂，狼與熊，在這片荒地上棲息。

諸多倒塌宮殿中的一座，連一塊石頭都不存，上頭冒出了一顆青嫩的松樹，一年前這裡還沒有真正的森林，它可說是第一株報信的新苗呢，但現在它也再度向外遠眺那些新長出來的樹木。

「向前！」一隻在樹幹上捶打的啄木鳥高喊，牠盯著長大了的森林，以及因綠化而變漂亮的土地看，很滿意這種進步。（一九一〇）

19 柯諾格博士的結局

柯諾格博士從前是位高中教師，很早就退休，然後因為個人興趣鑽研起語言學，要不是他有氣喘和風濕病的毛病，促使他採取素食飲食療法，否則說什麼他也不會與素食扯上關係的。結果好得不得了，這位學者從那時候起，每年都會在某個素食療養院或者提供膳宿的公寓，大多在南方，過上幾個月，雖然他厭惡與自己不投緣的圈子和稀奇古怪的人往來，也不喜歡來自他故鄉、為數不多但無法完全避免的訪客。

有幾年的初春和初夏時光，或者秋天那幾個月裡，柯諾格博士造訪南法的海灘或馬焦雷湖[1]，找一間友善的素食膳宿公寓住下來。他在那些地方認識了很多人，有些事情也習慣了，譬如赤腳走路，留長髮的傳教人士，狂熱斷食的人，以及偏激的素食饕客。他在最後那幾類中結交了幾位朋友，他自己則因為病痛愈來愈不能吃油膩的東西，於是把自己訓練成蔬菜與水果領域內簡約的美食家。從來沒有哪棵苦苣讓他滿意過，他也從未把加州柳橙當作義大利生產的吃下肚。此外，他不很在意素食主義，對他來說，那只是一種療養的手段，但這個領域裡妙不可言的新穎詞彙，偶爾讓他這位語言學家覺得挺有意思。譬如素食主義者，素食者，植物素食者，吃生素食的人，食果動物以及雜食者。

根據行家的語言習慣，這位博士屬於雜食者，因為他不僅吃水果和生食，同時也吃煮過的蔬菜，奶製品以及蛋類。至於真正的素食者，尤其那些嚴守戒律吃純生素食的人來說，雜食者面目可憎，他心裡清楚得很。他與這些為偏執信仰爭論不休的兄弟保持距離，把自己的屬性歸到雜食者的類別，僅僅藉著這個行動來界定自己；與此同時，某些同僚，特別是奧地利人，把他們的頭銜階級等印在名片上以便炫耀。

如前所述，柯諾格博士和這些人格格不入。光是他那張溫和紅潤的臉，配上橫向發展的身材，就與純素食主義大多數瘦削、眼神似苦行僧、經常打扮古怪，其中有些人任頭髮長過肩膀，人人又因他特殊的崇高目標，而以狂熱分子、擁護者以及殉教者之姿度過一生的兄弟，實在太不一樣了。柯諾格是語言學家及愛國人士，無論人類思想和社會改革觀點，抑或他的素食夥伴們奇特的生活方式，他一概不接收。他看起來，就像洛迦諾[2]或者帕蘭扎[3]的火車站和船隻停泊處，很普通的飯店那些大老遠就聞得出來誰是「球莖甘藍信徒」[4]的服務生會信心滿滿地對他推薦自家旅館，然而塔莉莎[5]或者瑟雷斯[6]的服務生或者真理山[7]公社的趕驢人，從這位看起來如此高尚的人手中接過行李箱時，又會驚愕得不得了。

儘管如此，隨著時間過去，他在這個不熟的環境裡倒是挺自在。他是樂

---

1 Lago Maggiore，位於義大利西北部。

2 Locarno，瑞士南方的一個直轄市，位於馬焦雷湖的北側。

3 Pallanza，位於義大利北部。

4 （對照譯注7）一次世界大戰後成立的許多公社領導人常被戲稱為「通貨膨脹治療師」或「球莖甘藍信徒」，因為他們是新的理論或學派的狂熱代表，「球莖甘藍」喻指其理論或學派之新穎、新奇或誇張。

5 Thalysia，希臘神話中的豐收慶典，此為旅館名。

6 Ceres，羅馬神話中掌管穀物的神祇，此為旅館名。

觀主義者，與生活藝術家僅有半步之遙，他慢慢在這群造訪此地、來自所有國家的植物食客，尤其是法國人中，找到一位熱愛和平、腮幫子紅通通的朋友。在這個人的旁邊，他可以不受干擾地吃他的新鮮沙拉和桃子，還可以閒話家常，不會有哪位嚴守戒律的狂熱分子譴責他吃雜食，或者某位只啃米飯的佛教徒斥責他對宗教漠不關心。

接下來，柯諾格博士先從報上獲悉，然後再由朋友們直接告訴，他聽說了一個國際素食社團隆重成立的消息，並且在小亞細亞買了很大一塊地，邀請世界各地同好前往作客，或者長期停留，只需繳納合理費用。這個計畫是由德國、荷蘭以及奧地利的食者組成的理想主義團體促生，他們致力於一種素食的猶太復國主義，目的是讓他們信仰的追隨者與信徒在這世上擁有一塊含有生活自然條件的自理之地，擁有這樣的土地是他們的理想。在小亞細亞建立社團是邁向這目標的第一步。他們的呼籲轉變為「號召所有過素食、植物素食日子的朋友們，體驗天體藝術與生活改革，」允諾十分之多，聽起來令人神往，連柯諾格先生也無法抗拒這種從天堂傳來的充滿思慕的聲音，遂登記了明年秋天去作客。

鮮嫩多汁、應有盡有的水果與蔬菜運往這個國度，堪稱此地中心點的廚房由《通往天堂之路》一書的作者管理，而最讓大家覺得舒暢的，是他們在那兒完全不受干擾，遠離世上可惡的嘲弄過日子。每一種素食主義和力求服裝改革都行得通，除了禁止食肉與飲酒之外，沒有別的禁忌。

於是，怪人從世界各地湧來，一部分人希望在小亞細亞尋求安寧和舒適，過適情適性的生活，另外一半人則想從蜂擁而至、渴望救贖的人中賺取好處與生活費。許多教堂的老師與逃脫的神職人員、偽印度教徒、信仰形上學的人、語言教師、按摩師，催眠師、術士、祈禱健康的人，一個接一個來了。這個生活條件反常且小之又小的族群中，說謊者、不懷好意的人比無害的騙徒略少一些，誰也沒比誰更占上風，大部分人除了想賺些營生之外，別

---

7 Monte Verità，位於瑞士，又稱真理山；此為公社名。真理山公社創建於一九〇〇年代。一次世界大戰後飽受身心靈創傷與通貨膨脹之苦的人，瘋狂執意追求素食、裸體、自然療法、無政府主義等，真理山公社是其中極有名的一個組織。赫塞曾多次在這個公社接受酒精戒斷治療。

無他想；何況對南方國家的素食者而言，此地的生活費實在不算高。

大部分這種在歐洲與美洲堪稱不尋常的人，唯一的壞習慣就是好逸惡勞，這點與大部分的素食者相似。他們不要黃金和享受，權力與娛樂，最想要的就是不必工作也無負擔就能過他們簡樸的生活。他們之中有些人靠著謙卑地幫富有的志同道合者清潔門把手，當喋喋不休的預言者，或者當神醫，數度徒步橫越過歐洲。柯諾格博士踏進奎希桑納[8]大酒店時，就遇到一個熟面孔，那人曾經時不時拜訪他在萊比錫的家，是個無害的乞丐。

特別的是，他在素食協會的每一塊營地都遇到大人物和英雄。來這裡的人，有皮膚曬成棕色、留著波浪長髮和鬍子，穿著舊約中白色帶帽斗篷和涼鞋的男人，其他人則穿平紋亞麻布做的運動服。一些令人肅然起敬的男人裸著身子走路，只圍了一塊纏腰布，而且還是自己用樹皮編的。小團體，甚至有組織的協會，一個一個建立了起來，吃水果的人在特定的地方會面，苦行挨餓的人在另一個地方會合，神智學[9]信徒或者崇拜光的人各在不同的地方見面。美國預言家大衛的仰慕者興建了一座寺院，在一間大廳內進行史威登堡式的禮拜[10]。

柯諾格博士並不是一開始就在這場引人矚目的集會中感到無拘無束，他去聽了一位名喚克勞勃、從前巴登州的老師的演講，此人以純粹的阿雷曼族方言[11]為地球上的民族講授亞特蘭提斯[12]王國的歷史，讓瑜珈老師魏新安達欽佩不已。魏新安達的真實姓名是貝嫛・辛那里，他已努力了數十年之久，無論如何都要讓自己的心跳次數減少三分之一。

這塊殖民地在歐洲的工商業與政治生活的表象之間，營造出一種小丑之家或者一齣離奇喜劇的印象。一在小亞細亞這裡，一切看起來合情合理，而且一點兒都不會不可思議。偶爾看新來者因為畢生心願即將實現而感到狂喜，臉上閃動著鬼魅般的光，或者噙著喜悅的淚水四處走動，手持花朵，以

8 Grand Hotel Quisisana，義大利坎帕尼亞大區卡普里島最大、最著名的酒店之一。
9 一種宗教哲學和神祕主義學說，主張史上所有宗教都是由久已失傳的「神祕信條」演化出來的。
10 Emanuel von Swedenborg, 1688-1772，瑞典神智學家、哲學家，著有《天堂與地獄》。
11 Alemannisch，德國西南部所使用的一種方言。
12 傳說中擁有高度文明發展的古老大陸、國家或城邦之名，最早的描述出現於古希臘哲學家柏拉圖的著作《對話錄》，據說在公元前一萬年左右被史前大洪水所毀滅。

和平之吻[13]問候每一個遇見的人。

最受人注意的團體莫過於只吃水果的素食者，這群人自動放棄任何形式的寺院、房屋以及組織，除了專心追求自然、更自然之外，其他一概不想，如同他們自己所言，「更接近土地」。他們露宿，僅食用從樹上或灌木叢掉落下來的東西，非常鄙夷其他的素食者，其中一位當面告訴柯諾格博士，吃米飯與麵包是和吃肉無分軒輊的敗德行為，再者，他無法區別一位號稱素食者卻喝牛奶，與任何一位貪杯者以及酒徒有何不同。

吃水果的素食者中，堪為最堅定不渝遵循這個方向，成績斐然的代表，是備受尊崇的兄弟約納斯。雖然他腰間有一塊纏腰布，但纏腰布幾乎與他毛茸茸的棕色身體融為一體，他住在小樹林裡，有人看見他靈活地在枝椏間活動。他的拇指和大腳趾頭怪異地退化了，他整個人以及生活都顯現出人們所能想像的矢志不移、成功回歸自然的成效。少數幾個嘲笑他的人私底下叫他大猩猩，此外，約納斯十分享受全省的人讚嘆並崇敬他的滋味。

這位無與倫比的吃生素食的人放棄使用語言，每當兄弟姊妹在他的小樹林旁邊講話，他偶爾會坐在一根樹枝上，對著他們的腦袋，目光灼灼發出奸笑，或者面露嫌惡笑著，但一句話也不說，嘗試用手勢表達意思，他的語言之於大自然不容爭議，他的語言日後將成為所有素食者及熱愛大自然人士的世界語言。與他投契的朋友每天都來，聆聽他傳授關於咀嚼藝術以及堅果殼方面的課程，懷著崇仰看出一種進步中的完美無缺，但他們憂心不久之後可能會失去他，因為他大概短時間內就將與大自然合而為一，返回山區裡的荒野地。

幾個不可自拔的人建議，向這個超脫世俗、完成了生命循環，並且找回成為人之出發點的人致敬。有一天早晨太陽升起之際，他們懷著這個目的來到小樹林，開始唱歌表達他們情不自禁的崇拜時，被頌讚的對象出現了，就在他最喜歡的那根粗樹枝上，譏諷地對空揮舞他解下的纏腰布，朝崇拜者丟堅硬的義大利五針松毬果。

---

13 天主教彌撒中神職人員互相以雙手握住彼此兩肩，親吻對方臉頰的儀式。

我們的柯諾格博士謙卑的靈魂深處對這個無瑕之人約納斯，這頭「大猩猩」相當厭惡。他驚駭地發覺，他內心對於畸形的素食世界觀及其偏激癲狂之人的所有負面觀點，此刻全部顯現在約納斯兄弟身上，他甚至不留情地嘲笑起自己有節制的素食行為。這位知足的私人教師胸膛中委屈的人性尊嚴振作了起來，放下如此多不同想法，耐著性子忍受了如此之多的他，當他經過那完美之人的住處時，再也沒辦法按捺住心中的痛恨與怒火。至於這頭坐在樹枝上鎮定地觀看他形形色色的志同道合者、崇拜者以及批評者的大猩猩，同樣討厭柯諾格，他的直覺想必嗅聞出此人的恨意，於是他感覺到一股增長中野獸也似的怨恨。只要博士從旁走過，他打量這位樹上居民的眼光總是充滿譴責與侮辱，而樹上居民呲牙裂嘴、呼嚕嚕怒吼作為回應。

柯諾格決定下個月就離開這個鬼地方，返回他的故鄉，一個滿月閃耀銀輝的晚上，幾乎有違他意志地，他在小樹林旁邊散步。他鬱鬱地想起從前，那時他是非常健康的肉食者與平凡人，與同類人一起生活。沉浸於較美好年代的回憶中，他不自覺地吹起一首大學生唱的老歌。

那個森林人突然從矮樹叢裡冒出來，口哨聲讓他興奮又狂野。他來勢洶洶站在散步之人的面前，揮著一根大木棒。驚訝不已的博士太痛恨也太憤怒了，沒想到逃跑，反而認為該到了他必須與敵人攤牌的時候了。他冷冷地微笑欠身，聲音中有超過他想傳達的譏刺與侮辱，說：請容我自我介紹，我是柯諾格博士。

大猩猩憤怒尖叫，丟開大木棒，撲向這個文弱之人，瞬間就用他可怕的雙手掐死了他。第二天早上人們找到柯諾格，有些人猜得出箇中原因，但沒有人敢對不動聲色坐在枝頭剝堅果的大猩猩怎麼樣。這個外地來的人於停留天堂期間交到的少數幾位朋友把他埋在附近，在他的墳前豎起一塊簡單的牌子，上面簡短地寫著：柯諾格博士，來自德國的雜食者。（約一九一〇）

20 美麗的夢

中學生馬汀・哈伯蘭特十七歲那年死於肺炎，每個人談起他，論起他的諸多資賦時都十分惋惜，認為他很不幸。因為，在他能靠他的天賦功成名就，換來利息、現鈔之前，他就死了。

確實如此，這位相貌堂堂、才華橫溢的少年之死也讓我難過，我懷著確切的遺憾想著：這世界上得有多少才華，才能讓大自然這樣繞著打轉呀！但無論我們怎麼想，大自然根本不在乎，至於天資，倒也實在太多了些，以致於再過不久，我們的藝術家就只有同行，而完全沒有觀眾了。

與此同時，我無法以這種觀點來憐憫這個年輕人的死，好像死亡為他添加了損害，又彷若他最珍貴與最美好的東西都被剝奪了，而那些東西專為他打造似的。

一個人能快樂健康的活到十七歲，有很好父母，總的來說，這個人活過了此生比較美好的那一部分。假使他的人生必須這麼早就結束，由於缺乏極大的痛苦、顯著的經歷以及放蕩不羈的生活方式，使得他無法成為貝多芬的交響曲，但也足以做為海頓的一首小小室內樂，何況許多人還沒法過這樣的人生。

關於我對哈伯蘭特的看法，我挺有把握。這個年輕人的經歷真的好得不能再好，全都屬於他能力所及。他從超凡脫俗的音樂中滑過了幾拍，他之死乃不可避免，因為除了生命樂章不太悅耳之外，就不再有別的。這位學生在夢中體驗了他的快樂，效果絕對不差，因為大部分人所經歷的夢境比他們真實的人生更加坎坷。

他生病的第二天，也就是他過世的前三天，這位中學生於高燒中做了下面這個夢：

他爸爸把手放在他的肩膀上，說：「我知道，你從我們身上學不到什麼東西了，你一定要成為一個偉大的好男人，並且有不同凡響的成就，這可不是在家這個安樂窩能得到的。注意：你現在必須先登上知識山，然後必須有一番作為，接下來你必須尋得真愛，才會幸福快樂。」

爸爸說最後那幾個字的時候，他的鬍子好像變長，眼睛也變大了，有那麼一瞬間他看起來挺像一位年邁的國王。說完話後，他親了兒子的額頭一下，讓他離去。做兒子的從宮殿般寬敞的階梯走下去，當他走上街頭，正要離開那座小城市的時候，遇見了他的媽媽，媽媽喊住他：「喂，馬汀，你就這樣走了，連一聲再見也不跟我說嗎？」他驚訝地看著她，羞愧地說，他以為她早就過世了，但她活生生地站在他面前，比他記憶中的媽媽漂亮也年輕多了，沒錯，她身上有近似少女的氣息，以致於當她親吻他時，他臉都紅了，而且不敢回吻。她明亮的藍色眼睛定定地看著他，彷彿有一道光線穿過他，他迷惘地匆匆離去時，她朝他點了點頭。

快到達城市時，他發覺公路和有一條白楊木大道的山谷不見了，取而代之的是一座海港，一艘舊式的大船停泊在那兒，棕色的帆直上金黃色的天空，好像他最愛的那幅克勞德·洛蘭[1]的繪畫，不久他便搭乘這艘船去知識山了。

不知不覺中，船和金黃色的天空從視線範圍消失，一會兒之後，學生哈伯蘭特發覺自己竟走在一條公路上，離家好遠，他正往一座山走去。那座山沐浴在遠方的晚霞中，閃閃發光，看起來好像無法接近，就算他一直走也到不了的樣子。幸好柴德勒教授走在他旁邊，慈祥地說：「這個地方唯一的結構就是獨立主格結構[2]；只有運用它，您才會突然來到攔腰法[3]。」他立刻遵循，想起了一個相當程度將他的過去和這個世界包含在內的獨立主格結構，過去的點點滴滴在這個結構內整理得井然有序，一切清晰如當下，同時變成了未來。突然間他站在山上，柴德勒教授也在他身邊，忽然用「你」來稱呼他，哈伯蘭特也對教授你呀你的[4]。於是教授向他吐露，他其實是他的爸爸，說這話時，教授愈來愈像他爸爸，學生心中對父親的愛和對知識的熱愛因而合而為一，二者變得更濃烈也更美好。他坐在那兒思索著許許多多感受到的驚奇時，一旁的爸爸說：「好吧，現在看看你周圍！」

周圍有一種無以言喻的清澈明淨，世上的一切事物均井井有條、一清二楚；他完全明白為何他母親已死卻又活著；他心中了然，何以人類的外貌、習慣以及語言如此不同，卻源於一個生命並且親如兄弟；他深深明瞭困頓、痛苦以及醜陋實乃不可避免，而且是上帝所願或者非要不可的，它們變得美好又敏銳，然後大聲述說這世界之秩序和喜悅。在他搞懂現在他在站在知識山上，還變聰明了之前，他覺得受到召喚，要去做一件事。雖然這兩年以來他常常考慮將來要從事哪一行，但始終未能選定一個職業，他現在卻很明確並且態度堅定，他要當一名建築技師，不但知道了，還一丁點兒也不懷疑，真是太好了。

地上立即出現了白色和灰色的石頭，木料與機器，四周有好多人，站在那兒不知要做什麼；他用手指引並解釋，然後發號施令，手上拿著建築圖，

1 Claude Lorrain, 1600-1682，巴洛克時期法國著名的風景畫家。
2 拉丁文文法。
3 文學與藝術的敘事手法，故事從某個中間點開始闡述，而不是從最初：故事隨著戲劇性的行動開始，而非依序陳列角色與情景。
4 德國社會人我之間「您、你」有嚴格的分際，年紀較輕、位階等較低的人，通常要等對方主動改口，才能使用「你」的形式。

只消招手示意，那些人便開開心心地按照指示去做事，搬石頭、推小車，豎起長木材又鑿石塊，所有人的手和每一隻眼睛，都依照這位建築技師的意思在忙碌。房子蓋好了，是一座宮殿，山牆的三角面和前廳，庭園與拱窗，在在展示一種渾然天成、簡約、讓人感到愉快的美感。想當然爾，有必要再建幾棟這樣的房子，好讓痛苦與困頓，不滿及厭惡從地球上消失無蹤。

這部建築作品完工後，馬汀睏極了，不再小心注意所有的事情，他聽到周遭有類似音樂和慶祝活動的東西在呼嘯，於是他把自己交給強大但暢適的疲憊感，他真摯又罕見地滿足。當媽媽又站在他面前，拉起他的手時，他的意識從疲憊感中升起。他知道，現在她想和他共赴愛的國度，他默不作聲，滿心期待，同時忘掉他在這次旅行中經歷過、做過的事情；只有知識山照在他身上的光，從他蓋的宮殿形成的一種明光，以及一種深入心底的純淨良知。

媽媽含笑牽著他的手，她下山走進向晚的風景之中，她穿了一襲藍色的衣裳，愜意走著的當兒，她不見了。她穿的那件藍色衣裳原本是遠方深谷的蒼穹，他因此辨認了出來，但不再知道媽媽真的來到他身邊了，或者沒有這回事？憂傷襲來，他坐在草地上哭了起來，不覺痛苦，全心投入又真摯，如同他之前充滿創作熱情蓋房子，在睏倦中休養生息一樣。淚流滿面的他覺得，這會兒他應該與一個人能夠經歷的最甜美的經驗邂逅，當他試著沉思這些事情時，雖然他明白這就是愛，但他想像不出來，最後用這種感受結束想像，那就是愛和死亡一樣，愛是一種完成以及一個夜晚，這以後就再也沒有別的了。

他尚未思索完畢，一切又變得不一樣，藍色的山谷裡傳來優美依稀的音樂，市長的女兒佛斯勒小姐踏過草地往這邊走來，忽然間他知道自己愛她。她的容顏沒有改變，但穿了一件非常簡單、高尚的衣裳，好似一位希臘女子，她剛到來，夜幕便低垂，除了滿天又亮又大的星斗之外，什麼也看不見。

女孩笑吟吟站在馬汀面前，「喂，你來啦？」她友善地說，好像她在等他似的。

「對，」他說，「媽媽為我指點了這條路。我現在都準備好了，那棟我非蓋不可的大房子也是，妳一定要住進去。」

她微微一笑，幾乎如母親般慈祥，慎重又略帶憂愁，像一個大人。

「我現在還應該做什麼？」馬汀問，雙手放在女孩的肩上。她傾身向前，靠得很近看進他的眼睛裡，他有點兒嚇到了。此刻他只看得到她那雙大而鎮靜的眸子，以及金黃色霧氣中的許多星子，他的心跳得好劇烈而且疼痛。

俏麗女孩的唇印上了馬汀的嘴，當下他的人融化了，所有的意志離他而去，靛色的夜空中，星星開始輕輕地發出聲響，正當馬汀覺得，此時他享受著愛與死，以及一個人能經歷的最甜美的經驗時，他聽到世界繞著他，在一支優美的圓舞曲中唱著、跳著，而他的唇不曾從女孩的唇上鬆開，對世上再也不存任何希冀與渴望，他感覺得到自己和她以及所有一切都融入圓舞曲，他閉上雙眼，帶著些微的暈眩，飛往一條有聲響，事先約定好要去的街道，在那條街上，沒有任何知識、行動，沒有與塵世相關的任何東西在等著他。（一九一一）

國家圖書館出版品預行編目資料

赫曼赫塞童話故事集 / 赫曼 . 赫塞 (Hermann Hesse) 作 ; 楊夢茹譯 . -- 初版 . -- 臺北市 : 商周出版 : 家庭傳媒城邦分公司發行 , 2018.01
面； 公分 . --(新小說 ; 15)
譯自：Hermann hesse die märchen

ISBN 978-986-477-393-0(平裝)

875.57 106025412

赫曼赫塞童話故事集

Hermann Hesse Die Märchen

作　　者／赫曼．赫塞（Hermann Hesse）
譯　　者／楊夢茹
企劃選書／程鳳儀
責任編輯／余筱嵐

版　　權／林心紅
行銷業務／林秀津、王瑜
總 編 輯／程鳳儀
總 經 理／彭之琬
發 行 人／何飛鵬
法律顧問／元禾法律事務所 王子文律師
出　　版／商周出版
台北市104民生東路二段141號9樓
電話:(02) 25007008 傳眞:(02)25007759
E-mail:bwp.service@cite.com.tw
Blog:http://bwp25007008.pixnet.net/blog
發　　行／英屬蓋曼群島商家庭傳媒股份有限公司城邦分公司
台北市中山區民生東路二段141號2樓
書虫客服服務專線:(02)25007718;(02)25007719
服務時間：週一至週五上午 09:30-12:00；下午 13:30-17:00
24 小時傳眞專線：(02)25001990；(02)25001991
劃撥帳號：19863813；戶名：書虫股份有限公司
讀者服務信箱：service@readingclub.com.tw
城邦讀書花園：www.cite.com.tw
香港發行所／城邦(香港)出版集團有限公司
香港灣仔駱克道193號東超商業中心1樓
E-mail:hkcite@biznetvigator.com
電話:(852) 25086231 傳眞:(852) 25789337
馬新發行所／城邦(馬新)出版集團【Cite (M) Sdn. Bhd. 】
41, Jalan Radin Anum, Bandar Baru Sri Petaling,
57000 Kuala Lumpur, Malaysia.
Tel: (603) 90578822 Fax: (603) 90576622
Email: cite@cite.com.my

封面設計／陳文德
排　　版／極翔企業有限公司
印　　刷／韋懋實業有限公司
經 銷 商／聯合發行股份有限公司
電話:(02) 2917-8022 Fax: (02) 2911-0053
地址:新北市231新店區寶橋路235巷6弄6號2樓

■2018年1月18日初版
■2022年11月25日初版4.6刷

Printed in Taiwan

定價360元

感謝歌德學院(台北)德國文化中心協助
歌德學院(台北)德國文化中心是德國歌德學院(Goethe-Institut)在台灣的代表機構，五十餘年來致力於德語教學、德國圖書資訊及藝術文化的推廣與交流，不定期與台灣、德國的藝文工作者攜手合作，介紹德國當代的藝文活動。
歌德學院(台北)德國文化中心Goethe-Institut Taipei地址:100 臺北市和平西路一段 20 號 6/11/12 樓
電話:02-2365 7294 傳眞:02-2368 7542 網址:http://www.goethe.de/taipei

城邦讀書花園
www.cite.com.tw

 ISBN 978-986-477-393-0

商周出版

廣	告	回	函
北區郵政管理登記證			
北臺字第000791號			
郵資已付，免貼郵票			

104　台北市民生東路二段141號2樓

英屬蓋曼群島商家庭傳媒股份有限公司城邦分公司　收

請沿虛線對摺，謝謝！

商周出版

書號：BCL715　　書名：赫曼赫塞童話故事集　　編碼：

請於此處用膠水黏貼

商周出版

讀者回函卡

感謝您購買我們出版的書籍！請費心填寫此回函卡，我們將不定期寄上城邦集團最新的出版訊息。

不定期好禮相贈！
立即加入：商周出版
Facebook 粉絲團

姓名：＿＿＿＿＿＿＿＿ 性別：□男 □女

生日：西元＿＿＿＿年＿＿＿＿月＿＿＿＿日

地址：＿＿＿＿＿＿＿＿

聯絡電話：＿＿＿＿＿＿＿＿ 傳真：＿＿＿＿＿＿＿＿

E-mail ：

學歷：□ 1. 小學 □ 2. 國中 □ 3. 高中 □ 4. 大學 □ 5. 研究所以上

職業：□ 1. 學生 □ 2. 軍公教 □ 3. 服務 □ 4. 金融 □ 5. 製造 □ 6. 資訊
□ 7. 傳播 □ 8. 自由業 □ 9. 農漁牧 □ 10. 家管 □ 11. 退休
□ 12. 其他＿＿＿＿＿＿＿＿

您從何種方式得知本書消息？
□ 1. 書店 □ 2. 網路 □ 3. 報紙 □ 4. 雜誌 □ 5. 廣播 □ 6. 電視
□ 7. 親友推薦 □ 8. 其他＿＿＿＿＿＿＿＿

您通常以何種方式購書？
□ 1. 書店 □ 2. 網路 □ 3. 傳真訂購 □ 4. 郵局劃撥 □ 5. 其他＿＿＿＿

您喜歡閱讀那些類別的書籍？
□ 1. 財經商業 □ 2. 自然科學 □ 3. 歷史 □ 4. 法律 □ 5. 文學
□ 6. 休閒旅遊 □ 7. 小說 □ 8. 人物傳記 □ 9. 生活、勵志 □ 10. 其他

對我們的建議：＿＿＿＿＿＿＿＿
＿＿＿＿＿＿＿＿
＿＿＿＿＿＿＿＿

請於此處用膠水黏貼